U0695141

中 短 篇 小 说 集

碎叶满树

张耀国 著

团结出版社
UNITY PRESS

© 团结出版社，2024 年

图书在版编目（ＣＩＰ）数据

碎叶满树 / 张耀国著 . 一北京：团结出版社，
2024.10. 一ISBN 978-7-5234-1054-7

Ⅰ . Ｉ247.7

中国国家版本馆 CIP 数据核字第 2024HV3159 号

责任编辑：郭　强
封面设计：书香力扬

出　　版：团结出版社
　　　　　（北京市东城区东皇城根南街 84 号　邮编：100006）
电　　话：（010）65228880 65244790
网　　址：http://www.tjpress.com
E-mail：zb65244790@vip.163.com
经　　销：全国新华书店
印　　装：四川科德彩色数码科技有限公司

开　　本：145mm×210mm　　32 开
印　　张：6.625　　　　　　　字　数：139 千字
版　　次：2025 年 1 月　第 1 版　印　次：2025 年 1 月　第 1 次印刷

书　　号：978-7-5234-1054-7
定　　价：48.00 元
　　　　　（版权所属，盗版必究）

我的大学同学张耀国（代序）

凌鼎年

张耀国是我大学的同班同学，他要出版中短篇小说集了，嘱我写序。我自然不能推却的，其实，我也很乐意为他写序。

张耀国是上海崇明人。说起来我是江苏太仓人，但追根溯源，他与我算是同乡人呢。因为在清雍正二年（1724）时，成立了江苏太仓直隶州，那时的崇明与宝山、嘉定、镇洋等四个县都属太仓州，考秀才还得到太仓州试院来考呢。而清代的太仓州试院，到了二十世纪五六十年代就成了太仓县中（现太仓市一中），即我的母校，我的初中、高中都在这学校读的。我不知张耀国的祖上有没有到太仓来考过秀才，如果来考过，那关系更近了。

扯远了，打住打住。

我读的大学是上海第二教育学院，一般般的高校，后来并到华东师范大学了。记得在大学读书时，我已发表过文学作品，加之我年纪比同班的大部分同学大，还是副班长、写作课代表，同学中有几个喜欢写作的与我走得较近。他们写了诗，写了散文，写了小说，会让我看看，要我提提意见，班里文学的氛围还是蛮

浓的。说实在，读中文系的，喜欢文学创作原本不稀奇，加之班主任王意如教授也时有作品在报刊上亮相，学生中有文学梦、作家梦的跃跃欲试就更不稀奇了。但张耀国显然属于低调的，从不张扬，只是默默地偷偷地写，偶尔，也有一两篇变成铅字，但极少让同学知道。我对他的了解很有限，只知道他也喜欢文学，只记得他瘦瘦的、高高的。我们一起打过篮球，后因为连续几场篮球联赛，引发了我心律不齐，去了医院，被医生吓唬了一下，不敢再打篮球了，与张耀国一起玩的时间就少了。

毕业后，我回微山湖畔的大屯煤矿当教师，张耀国去上海新海农场的中学当教师。据说他还当过国营小厂的厂长，还一度为广告公司做过文案，沉沉浮浮，曲曲折折，使他有机会接触了社会的方方面面，拓展了认知，开阔了视野，为后来的文学创作打下了坚实的基础。

因天各一涯，二十世纪八九十年代还没有微信，彼此的联系就少了。2011年开始有了微信，正好那年我退休。我算是使用微信较早的用户，有了微信，就有了同学群，不少同学都在群里，就联系上了。

在热心同学的策划、组织下，老同学们还聚过几次，有多位同学曾经两次到太仓相聚。2023年的一次，是张耀国牵头的，多位老同学来太仓看我开馆不久的凌鼎年文学馆。

因了微信，我知道了多位同学毕业后的情况，包括张耀国。

张耀国在2018年时，以工作室的名义干起了作文培训，不知是干这行有了自由支配的时间，还是年岁上去了，阅历广了，想对历史、现实、社会、生活抒发点自己的感慨，或者面对学生，老师要拿出些实绩，他把荒废了若干年的文学，再次拾起，开始了对小说创作的二度冲刺。

前面我已说过我们的班主任王意如教授既是学者，也是作家。后来她当了华东师范大学中文系副主任、《中文自修》杂志主编。张耀国就把作品发给王老师请教，同时也发给我看看，叫我提提意见。同学间的关系最单纯，没有虚头巴脑的客套话，我就有好说好，有孬说孬，也无所谓给不给面子。他呢，也老实不客气地叫我推荐推荐。我呢，只要作品我看得上眼，立马推荐。毕竟，创作这么多年来，我在文学圈里多少还有点人脉关系。印象中，张耀国的小说在几家纯文学刊物发表了几篇。我也蛮开心的，蛮欣慰的，倍有面子，终究是我的同班同学嘛。

张耀国以短篇小说创作为主，也有个别几篇标为中篇小说，但也只能算小中篇，归类为短篇小说也是可以的。近一二十年网络小说盛行，据说一篇网络小说三十万字、五十万字算短的，一篇一百万字家常便饭，这也影响到了纯文学创作，在小说越写越长的当下，专门写短篇小说的几乎凤毛麟角。像我这样写一两千字的微型小说的，就成了没有经济头脑、不会捞金的傻子了，虽然，我并不悔。我看到我的大学同学张耀国以写短篇小说为主，很欣赏他，写得精彩不精彩先不说，至少这种愿为纯文学付出的精神令人感动。环顾整个文坛，把大部分时间花在短篇小说上的作家确乎越来越少，我在八十年代就认识的刘庆邦被誉为"短篇小说之王"，就是坚持以短篇小说创作为主，几十年来，始终没有放弃对短篇小说的探索、追求。希望张耀国向刘庆邦老师学习，在短篇小说创作的路上越走越远，走出上海，走出国门，走向世界。只要努力，只要坚持，不是没有可能的。

张耀国的童年时代、学生时代是在崇明度过的，儿时的记忆

永远是作家写不完的题材，是挖不完的题材深井，因此，张耀国的笔下有崇明的印记、有乡村情结是极其正常的。然而，张耀国的大学是在上海市区读的，现在又在上海市区工作，住在上海市区，耳濡目染的是大都市的繁花似锦、大都市的日新月异、大都市的灯红酒绿、大都市的光怪陆离、大都市的人情世故、大都市的风土人情、大都市的风风雨雨、大都市的点点滴滴，因此，他笔下的故事与人物又与大上海息息相关，融入了大上海的风云际会。

我之前，陆陆续续读过几篇张耀国的小说，对他的创作有个大概的了解，这次收到张耀国的小说集电子版，我首先被《误入墙缝的蜜蜂》这题目抓了眼球，先睹为快，就先读了起来。这篇题材比较新颖，写了一个可爱的小女孩去乡下老房子，意外发现有蜜蜂误入墙缝，是救还是不救？蜜蜂为什么误入墙缝？小女孩有小女孩的思考，她的外公外婆有成年人的想法与解释，似乎不在一个频道上，作者不是要告诉读者谁对谁错，而是隐喻了陈旧的世界观对新生命力的扼杀。也许，这就是作者写这篇小说的初衷与本意吧。

《四十九粒黄豆》，光看题目，让人捉摸不透是啥题材，我饶有兴味地读了，是写一对无儿无女的老年夫妇相约自杀的故事，本来基调应该是悲悲戚戚的，但在作者的笔下，把最后的晚餐演绎成了一个有幽默色彩的民俗故事。两位老人考虑来考虑去，最后选择用美味的河豚来结束自己的生命，要知道历来有拼死吃河豚的说法，河豚有美如西施乳的传闻，老两口还从没吃过河豚呢，吃河豚见阎王，确乎是个好主意，死也死得开开心心，死得美味无限。吃河豚的过程，描写很细腻，把两老生无可恋的心理刻画得十分到位，掺杂的自办祭奠仪式也有可读性，有知识性，最后，养了多年的猫第一次吃到美味河豚，死了，善心的老人还给埋了，等两位老人料理好这一切，享受最后的晚餐后，竟没有过奈何桥，原来河豚汤烧得太久了，已经毒不死人了，一场相约自杀成了黑色笑话。

有读者可能会说：这篇小说的缺陷是没有明确的时间。其实，有的，因为两老的河豚是去捡的。试问，如今在任何菜市场能捡到河豚吗？不可能，绝对不可能。据说前几年科研人员从南京到太仓，再从太仓到南京，长江南边、北边来回筛了个遍，也仅仅发现两条野生河豚。于此看来，时间坐标四十年代的可能性较大。

《傻佬》，写了一个小傻子对一个老傻子的劝谕，小傻子在社会仅存的善良中活成了"老三好"，老傻子却因为胆怯而早早死去，隐喻了在躺平的环境中的救赎之道。

《碎叶满树》，作者围绕发生在一个冬泳群里的爱情故事，塑造了一个理想化的生态小社会。特立独行的女主人公由里引来众多追求者，追求者之间不仅是"情敌"，人生观也各有不同，最终他们和谐相处。满树的碎叶，隐喻了一个丰满、丰富的社会。

从张耀国的小说来看，他还是蛮能写的，对人物的了解、理解，对人物的塑造、刻画，有自己的独到的审美；对故事的切入，有自己的角度；对环境的描写，有自己的观察；对作品的结构，有自己的想法；对语言的应用，有自己的个性与选择。从整本集子来看，文化氛围不算很浓，但乡土气息扑鼻而来，都市因素也丝丝缕缕，可谓城乡交融。

张耀国的小说创作还在爬坡阶段，按他的年龄，正是人生的

成熟期，小说创作的黄金期，假以时日，写出让读者眼前一亮、拍手叫好的作品完全可能，让我们期待他的创作更上一层楼。

2024 年 1 月 30 日于太仓先飞斋

凌鼎年，中国作协会员，世界华文微型小说研究会会长，作家网副总编，亚洲微电影学院客座教授，西交利物浦大学校外导师，苏州健雄学院娄东文化研究所特聘研究员，苏州市政府特聘校外专家，中国微型小说校园行组委会主席、讲师团团长，美国纽约商务出版社特聘副总编，香港《华人月刊》特聘副总编。

目录 CONTENTS

恶作剧

　　药剂师老马起了化学反应。自家的老房子为什么不能变新房子？他归咎于门前的那棵老树。

　　那棵梧桐树的腰围太大，老马抱不拢。老马在小时候刚够抱拢它，中年的时候也能抱拢它。现在不行了，左边的指尖摸不到右边的指尖，而且越离越远。

　　梧桐树天生不讲究朝向。它在一个城市的北边，一座老房子的南边。南边的城市像一只吐着泡沫的黄胖蟹，朝这边张望，可又踟蹰不前。北边的老房子奄奄一息，一天接着一天塌陷。梧桐树伸展过来的枝条，枝条上的大爿叶，几乎要压垮了它。

　　老马在南边的那个城市一直工作到退休。老房子是他的祖屋。这次回来他是抱了蓝图的，他想把祖屋改造成乡间别墅。

　　老马沿着房子的四角走走停停，不时抹墙面的各种风化物闻来闻去。又爬上长条竹梯子，颤颤悠悠地摸到房顶。一长条一长条的半月小瓦从屋脊铺展到胸前。瓦是全的，但颜色从原本的炭黑变得跟梧桐树的褪皮差不多了。探出屋檐上半身的老马用手掌根小心地抵着屋檐的橼子头，维持着身体的平衡。要是碰醒了它

们，说不定满屋顶的小瓦会坐着滑滑梯，整排整排地扑过来。

秋天的云朵棉花团一般在头顶掠过。老马晃悠在半空中。一个缓缓离港的船体，一个舷梯在渐渐失去依靠。

老马却没觉得不妥当。一个继承人在查勘祖宗留给他的遗产，他还会遗传给儿子。恍惚中，两下小心的电瓶车喇叭声在提醒老马。有个年轻人示意有话要和他说。看到老马的两只脚在轮换着探摸竹梯的横档，年轻人赶紧跑过去摁着竹梯。

"马医生当心点哦。"

"马医生不用担心。马医生担心的是这房子。"

"你这是要拿房子怎么弄？"

说到老屋的改造，老马的话匣子马上就打开了。他滔滔说起了自己的乡村别墅计划。年轻人耐心听了一段开头，就打住了老马的话头。原来他是镇里土管办的，姓牛。小牛讲得简明扼要：房子不能翻建，更不能扩建，原来什么样，还得什么样。你的房子只能维修，这还得交申请等土管办的批准。

"没办法，这是国家的政策。"

说完了，小牛还摇摇头，表示这并非他的本意。

"我知道你小牛不会特地为难我的。可我就是不明白，不允许把老房子改造得更高点，更大一点，更漂亮一些，那农村的发展，生活的美好，又怎么体现出来呢？"

小牛还是抱歉地摇摇头。

这种话题，和小牛没法谈。即使换了另外一个叫老牛的，也是没法谈。老马突然想到："咦，小牛没长狗鼻子吧，你怎么一路闻到我这里来了？"

"我有卫星监测。老马你别不相信。你在这块空地上挖一个水塘试一试，它马上报告给我看。"

小牛指了指天上。

"小牛你牛哄哄了吧?"

"不和你开玩笑。你的老房子不算什么，可你马医生的名气响得很，大医院的大药剂师嘛! 可比起你老马，这棵梧桐树的名气更响，它是这个镇的地标。我们的卫星，一直盯着它呢!"

老马抬头看了看天。

"看不见卫星的。只有卫星看见你!"

老马看了一眼梧桐树。锈色斑驳的梧桐树，底色却是鲜亮的。

为此，回到城里的老马一直想不通。此时，却从老家传来一个明明白白的好消息。镇政府正在办理农村危房的搬迁工作，一套老房子可以去新城置换一套同等面积的新房子。激动不已的老马去找有着一面之交的小牛。

这个镇里，第一个迎接从南路过来客人的，是老马家的那棵地标梧桐树。之后，再往北一里路的所在，就是镇政府了。老马觉得，这一趟的老路走出了点新意。

镇政府里已经没有了老马的老熟人，老马去找小牛这个新朋友。

小牛见到马医生，依然很客气。他把老马领进土管办的主任办公室。主任不在，小牛也不客气，说就在这里说事吧。

老马戒了烟，但这回他带上了。他掏出好烟正要拆封，小牛见了也从口袋里掏出一包更好的烟。老马觉得对乡亲有点冒犯。小牛看出来了，他笑着说，农村里的人，现在也不差。老马自觉矮了半分。

老马还得继续矮下去。

置换你的房子还得等新政策。小牛说马医生你来晚了，又说，其实你来早了也没用。

小牛对老马解释说，假如你是立基户，也就是房子是你造的，第一批就轮到你了。可你不是。小牛接着解释，假如你是继承户，你的户口又在农村，那这一批，轮到你了。可你是城市居民户，你又不符合。你的房子，我们称为绝户。可能会列入最后那批。

"至于什么时间轮到你，我们也说不清楚。"小牛还嘿嘿了一句，"马医生你看，现在农村里的人，不错吧。"

老马被小牛的一通话搅成了一瓶中成药水。但老马毕竟是药剂师，侧头想了一会儿，似乎搞清楚了之中的配方。

"当年，国家把土地和人联系起来。土地的主人，有的被定为贫农，有的被定为富农，最惨的是被定为地主，土地没了，人也没了。"老马顿了顿，接着说，"我的房子，是地主的房子。小牛，我的理解有错吗？"

"不能瞎说，不要瞎说！"

小牛的神色有点紧张，欠身过来握了一下老马的手。

想通了的老马回到老屋，看到挡在门口的那棵梧桐树，又生起了气。

老马家的这棵梧桐树老是挡着老马。老马觉得梧桐树不像是自家的，更像是一个做了一世的恶作剧还不愿走开的坏老头。

那棵梧桐树挡了来老马家的风，把老马家遮得乌漆嘛黑，夏天时养了大把的刺毛虫，还把它们撒在地面让路人中招。躲进梧桐树上的鸟烦得让人睡不了懒觉，起风了还抖出一身的骚响。

梧桐树的恶作剧还不止这些。老马要么听人说起，要么他自己亲眼所见，在那棵树下开过各种批斗会。

老马的父亲因为农田多，在那棵树下被狠狠教训了几次。之后，他的父亲把自己挂在树上做了了断。接着还有两个人在后半夜摸到这里，一个地主婆，一个破鞋。

第二天，老马翻出锯子斧头。这些旧工具早已锈蚀。老马动手翻新。

霍霍的磨刀声，尖锐的锉砺声，很像是一场恶作剧的前戏。

老马坐着磨刀刃，站着锉锯齿。他的周边是广袤的平原。老马了解，这块平原在很久以前曾经是险峻的山区。那是地表在某个地质年代的一次恶作剧。现在呢，那些山头成了散落的几块高地。

可以不让正剧开演，恶作剧可是防不胜防。老马还想到，恶作剧对当事人有点难堪，可它终究只是一个玩笑。

小牛又来了。他把老马看成了熟人。这次按的喇叭又响又多。

"马医生准备做木匠啦?"

"梧桐树惹我火大。我要把它砍了!"

没想到嘻嘻哈哈的小牛正色起来:

"这棵树你马医生砍不得!"

"我家的树，为什么砍不得?"

"以前是你家的，可现在是公家的啦!"

"为什么?"老马一脸的诧异。

"这棵树是我们镇里的宝贝。它是我们镇里最老的一棵树。

文物专家说这是一棵百年老树。县里要我们保护起来!"

"难怪你小牛天天过来转悠。原来是这个原因啊!"

老马嘿嘿地笑了起来。小牛起了劲,他在树身上拍了拍:"等挂上文物保护的牌子,看谁敢动它一块树皮!"

马医生有生以来第一次端详他家的这个世交。这个老伙计的外表得了牛皮癣,悬铃像是干瘪了的供果,干枯卷曲的叶子像是用黄纸扎的。

老马对小牛卖起了民间高人的神秘:"不用动它的一块树皮。它很快就会死了。"

不久过后的一个春夜里,老马一个人潜回老家,他本可以在大白天大摇大摆回家乡,但弄死一个老伙计最好趁他熟睡后。围着树根,他拿自己配制的一桶药剂浇了一个透。按他的职业经验,他料定这棵梧桐树活不过春天。

2024 年 1 月 25 日

复　活

　　死亡从来都有预兆，医生是内行，他们看出来了。他们说我妈得了二十多年的帕金森病，活着已经是奇迹中的奇迹。劝我没有必要送我妈转县中心医院的那个医生说，我妈失去了吞咽功能；劝我把她送回家的医生说，老人家最终会被肺部感染送走——那个男性医生说完这句话，咽了一口痰，喉结运动了一下，好像裤袋里的一个拳头在朝外扩张。很奇怪，堵在他喉咙里的又不是我妈的痰，他干吗在说那个事的时候偏偏这么做，而且还暗示了我，害得我也咽了一口痰，感觉还是我妈的。

　　我还感觉到自己的心脏在手指的伤口上有节奏地跳。早上匆匆出门，之前赶着切一把芹菜，左手捏菜的那根食指原来绿中带黄了。

　　我终于明白两个不同级别的医生预兆了同一个未来。他们想表达的是，我妈最终将被一口痰给噎死。一周前我没有听全科医生的劝，我想让我妈死在更高级一点的医院里，哪怕是去那种医院的路上。这恐怕很自私，但能安慰一下她的娘家人。现在，我不得不把我妈送回镇卫生中心。她的肺部感染还在，胸腔里依然

响着滚雷声。我妈医治无望了。我降低自己的要求，但坚持我的底线。我不把她送回家，而是回到镇卫生中心。我妈不能死在高级一点的医院，低级一点的也行，只要是医院就行。这么做至少能宽慰自己。

　　昨天，我从一个大城市开车赶到远郊的一个县中心医院，晚上离开病房。我的妈妈一脸安详，只是闭着眼睛，一副不想理我的态度。她没有死去的丝毫迹象。我在县城的一个小旅馆等了一个晚上。今天，妈妈的嘴巴合不上了，像一个粗糙的白铁皮喇叭。这个旧时代的遗物，只是因为是我妈的，我才不忍心用脚把它踩扁。这是一个预兆。还有一个预兆跳上了我妈的耳尖，耳尖变得白了，整个耳朵像生锈的铁皮碗刚被干稻草擦亮了一半。本该圆形的上缘尖得像猫的耳朵，没有一丝的温暖，耳朵的下半部分却依旧柔软而温润。阴阳耳朵昭示着最后的时刻即将来到。我妈的眼睛在我的凝视下神奇地睁开了，看着她的儿子，还能随着儿子的身形移动。这让我想起小时候我妈的眼神，那时候我妈的眼神就是这样，一刻也不会离开我，生怕我下一秒走丢了。

　　午后的阳光从树叶间散落下来，在盖我妈的被子上、我妈的脸上印下朵朵花影，金灿灿亮闪闪。我妈仰面躺在缓缓移动的病床上，看我的眼神含满了笑容。我想此刻我该俯身下去，僵硬的身板和躺着的灵魂该来一次拥抱。有这样的冲动少之又少。随着年龄增长，我和妈妈渐渐分了家，一开始还枝拉叶牵，后来变成两根相邻的树木，从来不曾走近一步，天黑后会离得更远一点。可近来这种冲动多了起来。之前送她去中心医院的时候，我妈有点害怕，早已僵硬的肢体又开始瑟瑟发抖。我瞅准了一个机会，把她抱起来，她的头枕在我的左手臂弯里，小腿搁在我的右手臂上。我对着她的聋耳大声喊，勇敢点，不用害怕，有儿子在呢！你今年八十八岁，至少还有两年能活，到时，我把你的老房子打扫干净，我们回家里去。那时的病房里，医生护士都走了，救护车已经在楼下，随车的工作人员还没到，病房里其他的老太在昏睡。妈妈吃惊地看着我，表情很满意。那天之后，我明白了，僵硬的身体俯下来接近的，不是我的妈妈，而是我躺着的灵魂。

天堂斜阳下的一条林荫大道上，我目送着一位老太太被抬举进救护车，那辆车将把她送回之前的地方，因为她毫无希望，苟延活着就是一种痛苦。

透过救护车的车窗看家乡的小镇，我已经进入了它的市域。行道树的枝叶稀疏了；河道变窄了，少年那时我游泳，可总是觉得，两岸离我离得太远了；房子变矮了，窗户变小了；田野不再漫卷到天边，只是一块块平整的苗圃。镇卫生中心到了，它之前叫医院，当年我妈就把我下到这里。四楼的老年病房区，十几个人靠着前廊的栏杆在观望着我。他们是我妈的老病友。我跳下车，头顶上掉来一阵唏嘘，还有欢呼声：她儿子回来了，希萦姐回来了。语气中充满了惊喜。其中的部分原因是我妈活着回来给了他们安慰。随车工作人员推着一个移动的平板架子，我抱着一个大塑料盆，垂头丧气，好似逃兵回到兵营，而在高处欢呼的却是欣喜若狂的家属。塑料盆里堆着热水瓶、洗脸盆、洗脚盆、杯子、陶瓷碗，尿布、尿垫、尿裤，还有牛奶盒、鼻饲用的营养米粉。大塑料盆比之前变得更难于把控，陶瓷碗掉到了地上，接着是杯子、调羹。几只黄蕉苹果滚到了远处。随它去吧，那些东西我妈再也用不着了，活着也享用不了了。

我随着移动病床进了医院大楼，进了电梯，上到四楼。找了

一块空地放下了塑料盆。救护车随车人员把收费单伸到我眼前。签了字，付了钱，走廊空了出来。四周没有一个人。进病房的大门关着，上面贴着一张告示。大门装的时候看起来是为了应急，所以没有窗子。这一临时却有两年多了。告示写着，疫情防控期间，病人及探视家属没有防疫证明，一律不得入内。类似的纸条贴了有两年多了，只是内容有所调整。我在电梯左手边找到了我妈，她在一个简陋的小房间里，躺在一张陈旧的铁皮病床上。那个房间的门框上粘了一块小牌子，肠道病人观察室。看起来这个病之前流行过。

小小的观察室显得空荡荡，只有一张病床，一个氧气瓶，一副帆布担架。我试图把氧气瓶打开，接济一下我妈。我妈的嘴巴张得更大了，比起喇叭，现在更像一只漏斗。氧气瓶一打开就发出滋滋的泄气声，我赶紧拧上，生怕我妈被它催绿了。

大门开了一小半，露出病友的几个脸，门接着被推开。她们急切想看到她们的病友。赶来了一位护士，她挤到她们的身前，吓唬她们说，你们敢跨出这扇门，重新做核酸去。老太太们胆小，退回了门内，从暗处朝外看着，后面的几个还踮起了脚尖。对那帮我妈的老病友我觉得抱歉，我没有还给她们一个能轻声说话、能睁开眼睛、能辨别出来你是谁的老朋友。不仅如此，我还引来了死亡的影子，让她们担惊受怕。

护士服淡粉红色，她走来了，问我要防疫证明。我给她看了，我妈的，还有我自己的，七天前出的报告，今天是第八天了。护士说过期了，有效期是七天，54 号床不能入院。我很感谢这位护士，连我妈出院前的床号都记得一清二楚，于是我对她说话都柔和了。

护士对我说了一大串。她说让 54 号今晚住这个小房间吧，明天一早有流动血样采集，后天出报告。那样的话，后天晚上你妈就可以入院了。

闹了毫无用处，还不如说点别的。

我更关心那个护士的面容。戴了一个蓝色的口罩，更加楚楚动人了。应该是护士说着说着也觉得有点夸张，不太可行，她说话慢了点，最终打住了。

我妈的病友们可能比我听得更明白，不会漏了什么，她们在门里恳求护士，让她入院吧，从医院到医院，不会得那个的。气得护士走过去把她们给关在门里面，回头抱歉地对我说：不好意思，上头这样规定的。

这小姑娘还涉世未深，需要我不得不开导她一下，我也好久没有和一个像模像样的女人说过话了：我明白你的领导是这么对你要求的。我妈现在这摊事，要是你向你的领导汇报，得到的回答肯定是那样。假如你的领导向他的领导反映这事，得到的回复还会是这样。请你耐心一点听我说。假如领导的领导足够耐心，他反映到更大的领导，我敢肯定，还是这样的指示。当这个领导足够大时，或许他的回复就不一样了。

护士看了我一眼，眼神很温柔，而且开了口问我，你年轻的时候很帅。

看来是我的绕口让她分了心。我得把我的意思表达清楚：

领导会批评你，不能因为一个灾难而发生人道主义灾难。

"所以姑娘啊，假如你今天让我妈入院，你就能做大领导了。"

姑娘没有因为我的讽刺而显怒，她还沉浸在自己的思路里：

"你真的又酷又帅。"

姑娘的额头闪闪发亮，那是因为热汗所致。她转身回去了。现在的女人词汇贫乏，不过，不得不承认她用词精准。比起之前驱赶那帮老太太，现在她关起门来柔和了很多，在门缝快要合上的时候，她停顿了一下，生怕发出刺耳的关门声。就在刚才那会儿，我的灵魂在护士身上，我把灵魂注入给她，留给自己一个僵直的躯干。

时间开始迟疑，如同我妈的生命一样凝迟不前。我的每一步都是我妈拉着我走的。我跟着我妈，一步一步，走向死亡。

我把餐巾纸裹在食指上，探入我妈的口腔，把痰液、唾沫搅出来。我妈的眼睛没有睁开，似乎喉咙里的浓液并没有让她感到窒息，甚至没有难受的一点点感觉。像一个沉睡的婴儿，听任大人在换尿布。灰白从她的耳尖蔓延下去，已经有半个耳朵像浸泡过的白木耳。我坐在床沿，等着下一回同样的操作。

很久之后，我才意识到，之后的每一步，我像时钟分针的每一个跳动，都是淡红护士在我背后推了一下的缘故。淡红护士把我妈给替代下去了。

淡红护士在电梯口探出头来，跟我大声说她找到办法了。她说，她马上来采集试样，然后让我直接送到中心医院检测，两个小时就可以拿到报告了。这样的话，你妈至少能在今晚住进病房。

说完她就缩回到电梯里，到楼下化验室去拿采样试管。

形势变得乐观起来，让我的心思有了一点活泛。

这一回粉红护士花了好长的时间，她迟迟没有回来。她带来的消息让人沮丧。她说，医院领导把她骂了一通，按照规矩，试样得有专人，装入专用容器，乘坐专门的运送车辆。这样的试样才会被认可。这会儿那个收集人还在中心医院的隔离间坐着呢。他只在规定的时间出来。

我想，我不会在半途，往试管里吐唾沫吧。

过了一会儿，粉红护士又来了。她说这回是真的了，真的能办了。她让我赶紧打 120 叫救护车。她说，离这里最近的一家医院能做测试，不过最晚在四点半。现在已经四点了，赶紧起来。

我看了她一眼，心想，我还从来没有过这么好的一个媳妇。

十分钟后，救护车再一次载着我妈，出发去另外一个医院，这个医院我知道，有二十里远。我启动了我的生命，不停地催促司机加快速度，司机也拉响了警笛。

到那家医院的时间是四点二十五分。我跳下车，奔向急诊室前台，庆幸自己没有过时。

急诊室前台的两个女护士看到我奔过去，就站起来问我，来看病还是做核酸。当她们听到是做核酸时，她们摆着手说，过时了过时了，核酸测试四点二十分结束了。

我停了脚步，看着这两个护士小姐。我用什么打动她们呢？

我向她们招招手，示意让她们过来。或许，头一回有病人的家属用如此傲慢的态度要求她们，她们居然很顺从，从护士台后面走了出来，脚步有点犹豫，但还是过来了。

麻烦你们，过来看看我的妈妈，过来看一眼就可以。

她们来到急诊大楼的门外，寒风吹起了我妈的枯发，凌乱的被子潦草地盖住了我妈的大半个身体。她们远远地看见了，对我说，好的好的，我们做的做的。说完就转身回大楼拿采样用具去了。

120 随车人员把收费表格送到我的眼下。他们的意思是，调度台给的指令是，把病人送到这里为止。他们得走了。你要回去的话，对不起，只能另外电话 120。

采样很快，用不了五分钟就完成了。护士说，大约两个小时，检测结果就会出来。到时你到大厅的自动打印机去拿。其中的一个护士还提醒我也做一个，不然，你妈进病房了而你却关门外。有一辆救护车到了。他们把我妈兜在被子里，拎着被服的四个角，从医院的移动铁床移到救护专用推车上，从后车门把我妈一下子推进了车厢，像关一个抽屉，动作娴熟、迅速。

回到那间"肠道病人观察室"，意外的是，淡红护士孤零零地坐在床边的一张方凳上，看到我们回来了，笑容有点凄惨。因为她出了那扇门，和外界有了接触，不能回去。只能等明天的核酸检测了。领导还威胁她，要是核酸阳性，你的岗位就没了。我鼓励她，说她以后肯定做大领导，她问凭什么。

"你的身体接近灵魂。"

那不是一句高深莫测的语言，但她的脸上满是不解。

接下来，我该去县城，把我的车开回来。路途中间，我得弯到那个医院，去拿核酸报告。看上去我妈有点等不及了。她像一片枯叶，被几只蚂蚁来来回回地搬来搬去，最终还是被扔在穴外，我得出去再搬救兵过来。不过，即使我妈等不及，我妈也算死在医院里，对得起我自己了。考虑到我妈现在的状态，或许是因为有大半天没有吃食物，也没有吃药了。从塑料盆里的一堆杂物里，我拣出一个大号的针筒，我明白怎么将营养米粉化开，调匀，然后将液体抽入针筒，打开鼻饲管的塞头，将营养液注入我妈的胃袋。也知道如何把药丸碾碎，用温水化开，用同样的方法给药。但我装成四肢僵硬，手脚笨拙，不得其法，因为旁边有淡红护士在，我信任她，依赖她。

从县城回去，一个疲惫的城里人驾驶着自己的车，方向盘让他感到有了一份自由。那是一条花园大道，安静又漂亮。斜阳挂在树梢，精致的灌木丛爬出路杆，探头看着我。春天还没有到来，景观树的叶子掉了满地。深红的小叶片翻滚着追着小汽车的尾部，赶潮似的。小家伙们回头看见我，放缓了脚步，等着我过去，换着追我了。

我弯进那个医院，取了报告，阴性。又去了急症室护士台，还是之前的那两个护士在值班。我从包里抓了一把又一把牛轧糖，表示对她俩的感谢。我知道，即使是女孩子，吃起牛轧糖，也停不下来的，她们更喜欢吃个过瘾。牛轧糖是我在县城特地为她们所买。当然，我的包里还留了一把，那是给淡红护士吃的。她守着我妈，一定无聊极了。我盯着她们的工作吊牌，两人把胸部挺得高高的，好让我看清楚名字。我肯定地说，要打电话给医院领导，让他们表彰你们这两个善良的小姑娘。

从医院出来，天色变暗了，通往郊区深处的马路变窄了，行道树由景观树种变回到苦楝树。冬天过去了，春天没有到来，楝树还没有长出新叶，路面上少有落叶。过一段路就有动物的尸体粘在马路上，皮毛猎猎，要么是猫，要么是狗。路面上还有鸟类的残肢，翅膀上的长羽毛颤动着，它们连着翅根被粘在柏油路面，想上天空吧。机警的猫狗为什么会葬身马路？会飞的鸟儿为什么沉戟陆地？我想来想去，突然灵光闪现。我终于明白，那些猫狗是在深夜，想乘汽车的大灯光亮，穿过马路，到对面去有什么要紧事要做。那些鸟儿把柏油里的小白点当成了米粒。阳光下

的小石子像极了米粒，鸟儿就不顾危险，想在汽车奔过来之前，先抢走食物。

一只黑色的鸟儿从斜对面冲了过来，擦到了挡风前窗。后视镜里的马路上，它张开一只翅膀，在查看自己的伤情。它是前来提醒我别分心吧。这只鸟我认识，是多嘴的乌春，体型以及毛色跟八哥相像，叫声远没有八哥动听。即使这样，它们还是喜欢教八哥该如何讲故事。乌春教八哥，我老家的一句俚语。我想象着它会疼得嗷嗷叫，不过它还算识相，单跳着细腿，明白往路边的草丛里躲。

步履蹒跚那是我的节奏。死亡加快了脚步，突然来到我的面前。我妈要死了的征兆很多，两位主治医生的判断，合不拢的嘴巴，变白了的耳朵。其实，那只黑色乌春也是来报信的，它用撞击挡风玻璃的方式来刺激我，而我却把它理解成我对世界的理解了。当电梯哐当一声打开，我走出来的时候，淡红护士一半在门内，一半在门外，她用力拉我进去，力气很大，一脸的焦急。

她说，你妈没了呼吸，心跳也没了。她要死了。她解释说，她之所以没有到医院门口去等我，是因为她不能离开一个快要死去的人。

"我不守在这里，你妈妈的灵魂就出去了。"她的眼睛瞟了一下窗外的夜空。

我不解地看了她一眼：

"我在的话呢？"

"儿子在的话，她就留下来了。"

"儿子不在的话，又会去哪儿呢？"

"那就飘出去了，到陌生的地方去了。你妈找不到你，你也找不到你妈。"

听起来，儿子是做妈的灵魂了。

此时，我感到自己像一根时钟的分针，嘀嗒一下，往前走了一步。

我证实了一下，我妈的确死了。我用手指探寻我妈的呼吸，用耳朵伏在她的胸口感受心脏的跳动，一切生命的迹象消失得无影无踪。我很感激淡红护士，在最后的时刻，让我拉住了即将散去的灵魂。

我看着她，用眼神征询，接下来我该怎么办？

"我们用担架抬你妈去太平间吧！毕竟，这里是病房。"

我们用病床上的被子垫在担架上，我把我妈轻轻地抱起来，安放上去，再用随我妈身的被子盖在她身上。我把被子拉上来，在脖子的上方托了一个拱形。我怕捂得太紧，妨碍我妈的呼吸。

淡红护士在前面抬着，我抬后面。我瘦高的个子，把分量倾倒在她的手臂上，走路踉跄。窗外的天黑了，顶灯更惨白了，医院走廊里鲜有人影，偶尔有人从一旁穿过，他们也没有多看一眼。我妈看起来更像是一位被抬送的病人。走出大楼，随着她的领路，拐弯抹角，终于停了下来。太平间小得像一间牧羊人的避所，杂草长满了裂开的水泥面缝。碎红砖零落四角。太平间鲜有使用，这个小镇死了，它随着被冷落的太平间一起死了。太平间的中间突兀着一张水泥制的长台面。我们把担架搁在上面。

我想，我妈今晚就在这里躺着了，明天去了灵堂，会来一些亲戚，到时会热闹一些。

"你别动。我出去一次。马上回来的。"

淡红护士一走，太平间更显得空荡。我拿出烟盒，抽出了一

支，点燃了。烟丝滋滋的燃烧声，压过了寂寞。我隔着包捏着，摸到了牛轧糖的轮廓。

淡红护士回来了。她从一个布包里拿出两只炮仗，塞到我的手里。她告诉我，那是她儿子一周岁做生日剩下的。

"快，快去放。"

我有些迟疑，医院里能放炮仗？哪怕是在死角里的太平间。

"你妈妈的灵魂会随着'高升'，升到天堂。"

噼——啪，噼——啪。

鞭炮在空中炸响，回声沿着围墙，沿着太平间的四壁旋转。我仰望着夜空，希望火花能化作闪烁的星星。

突然，我感到淡红护士拉着我的臂膀，身体紧紧地靠住我。

"你看，看仔细一点，被子是不是在动？你妈是不是在动？"

是的，盖我妈脚的被面被顶了起来。我妈的头顶在微微地晃动，好像还在努力地抬起来。

我扑了过去，掀开被子，妈妈的脸在微微地摇动，嘴巴在颤抖，喉咙里发出隐约的响声。我明白了一切，赶紧用手指，把噎我妈的痰搅出来。淡红护士也缓缓过来，她递餐巾纸给我，激动不已。

我妈复活了。我妈的身上总是有奇迹发生。医生说得没错，我妈最终会被痰液噎走，但不是今晚。淡红护士守住了我妈的灵魂，即使我用"高升"把它送往天堂，我妈更留恋人间。

"你害怕吗？我妈是好人，你不用怕。"

"你是一个有灵魂的男人，所以我不怕。"

"接下来……"

"把你妈担回去吧。"

"回哪儿去呢？还是病房？回家里吧，自从我爸死了，妈妈住进医院，有十年没有回家了。"

我是这么想的，我妈是帕金森晚期，失去了吞咽功能。用再多的药也治不好她。住医院已经毫无意义。我答应过她，让她回到家里去。家里的房子不大，老公房，底楼，有一个天井，很安静。明天我拾掇一下就可以住人了。再说，老是麻烦淡红护士没有理由。有了这段奇迹，她会惦记我妈的。她给我的已经够多。不过，眼下还得麻烦她，帮我一起抬我妈回家。房子不远，就在这个小镇上。

2022 年 4 月 8 日

傻　佬

我是兔唇儿幺明。

我听得懂别人在说什么，别人却弄不懂我说了什么。大家都为此着急。我着急了就脸红、跺脚，他们着急到最后就是嘲笑我。领头的花了很长时间纠集了各路屁孩朝我喊口号："豁嘴豁嘴，鼻涕甜滋滋。"还有呢："小沟通两头，鼻涕哗哗流。"

你看他们，不懂别人的急。傻气一团一团往外冒。你没法和傻子讲道理。

一旦面对这种场面，我就跑。不是他们人多我说不过，而是他们说出了我的真相。他们一起哄，我就闭嘴，然后掉头就跑。

一开始，我用奔跑来甩他们。后来，我只要快走就行了。我脚跟着地伸直了腿走，还能边走边回头嘲笑他们：来啊来啊——追得着吗？

他们不过如此。

问题来了，我究竟该找谁说话？我得找一个心平气和的对象。父母吗？老是麻烦他们也不好。除了我，父母还养了一头商品猪。它和我一样，喜欢用鼻子表达。有很长一段时间，它在圈内，我在圈外，我们两个面对面，抬高了鼻孔，却无话可说。

于是我找了瑞祥。瑞祥是一个傻瓜，我可以用鼻子来哼哼他的家伙。

我的父母为我揪心不已，找遍了公社的每一个医生，终于在我十岁的时候拉我去卫生院做兔唇缝合手术。我的天哪，那个医生神通着呢。我见过这个人，骗过我的那头小母猪。是个快手！小母猪在他走了之后才想起值得哭一场哩。

手术好了，缺口也合拢了。鼻涕待在它该待的地方了，我说话也响亮了——他们还说过，我说话像苍蝇钻在牛×里——哈，这些下流胚。

我就出门找朋友。我找到领头的了，那帮人在河边捞鱼摸虾，领头的看到我就招手让我过去："幺明幺明你过来看呀，河虾变成会拉犁的牛啦。"我想着河虾该怎么像牛一样犁田时，他们让我拉着河虾的长须在前头爬，他们轻轻按住河虾的背脊在后头跟，嘴里说着："河虾犁田喽，河虾犁田喽。"我看着心想，还他妈的真像那么回事。突然就那么一下子，他们把河虾往前一耸，虾头上的那根尖刺就扎进了我的手指头。那根刺是菱形的，原来这就是犁头啊。

我太想表达了，活该他们又来骗我。他们说："幺明啊幺明，我家来了一个木匠，木匠帮我做了一个木鸡，你来看啊。"我回答他们："你拿出来看啊，我立在这里也能看得见。"他们朝我挥着捏紧的拳头，说："在我的拳头里，你不想看就算了。"

我想，什么木鸡啊，木匠的手艺真的有那么好吗？而且，他们好像人手一个。我就假装上前去看他们的拳头里到底藏了什

么。我动的其实是如何出其不意把木鸡抢到手的脑筋。嘿，上次的仇我还没报呢！结果又出了意外。他们中的两个趁机拉住我，另外几个往我的裤裆里掏。原来，他们是要摸我的鸡鸡。事情还没有这么简单，他们接着嘲笑我的鸡鸡只有毛豆节那么大，比他们的来得小多了。

之前，他们嘲笑我，甚至讽刺我。这我能理解，那帮人和我差不多，有的成绩还不如我。我找不出里面有比我还优秀的人。现在，情况起变化了——他们开始玩弄我了——也能理解，我看起来比他们傻。这么看来，我们镇上有两个傻瓜了。一个是瑞祥，他是老傻瓜。另一个是我，一个小傻瓜。

瑞祥比我大多了，但看不出他究竟有多大。当年他可是公社唯一被选去参军的小伙子，可神气呢！当了兵的瑞祥要求上进，他被一个司令看中了。司令挑他去做警卫员。消息传回海桥镇，整条街都轰动了，大家头一回用力想象着司令该是多大的一个官，这么大的一个官居然由海桥公社出去的瑞祥在保卫着。

后来，瑞祥突然回家了。穿的依然是军装，可没了领章和帽徽。瑞祥他看起来很伤心，在街上走着走着就会哭起来。再后来，他连走路也懒得走了，干脆躺在街上，不起来了。这一躺就是好几年，也没挪过窝。好好的瑞祥怎么会变得这样？原来，瑞祥明地里保卫司令，暗地里去保护司令的女儿了。司令发觉后，连脾气也没朝瑞祥发，只是瞪了他一眼，瑞祥他就吓得逃回了老家。

海桥镇只有一条街，那是方圆几十里唯一的一条石头路。路是一条好路，下雨天没有烂泥，但瑞祥的窝窝所处的位置不好，在石街弯进生猪收购站路口的一间柴房里。生猪收购站的气味闻起来比我家的猪圈还要差。每天几十头呢，尽头那里就是杀它们头的，还是被家主绑着送进去的。这最后一滴滴尿，一撮撮屎，不会有好味道给你。不过，那些叫声还不错，至少比谁都惨。瑞祥你受用吧！

瑞祥能在他的狗窝待一整年而不外出。棉被凉席，冬装夏衣，都是部队的，不用的就捆起来堆在里床，整整齐齐。那间柴爿屋，没墙没门，还没有围栏。我候着了机会，尾随在墙角撒尿的瑞祥身后。我很想知道瑞祥他为啥招司令的女儿喜欢。瑞祥他的白里透红，肥得像一条懒洋洋的土蚕。瑞祥回头发现我发现了他的秘密，难为情得不得了，脸都红了，拔腿就追我。他追不上我的。他是踮着脚尖走路的。还没有裤带，他的两只手揪着棉裤腰呢。哈，瑞祥只是在吓唬一个小孩！

这么说来，完全不用提防瑞祥，他一辈子也追不上我。

瑞祥那只饭钵还在，里面有几筷子的咸菜，几根酱瓜，还在瑞祥躺着伸手能够着的泥地上。

我朝他晃了晃捏紧的拳头："瑞祥啊瑞祥，我拳头里有一个粑粑。你答应我，这个粑粑就归你。"

瑞祥盯住了我的拳头。

"瑞祥啊瑞祥，你跟我一道吃白米饭去？"

"我没力气走路。"

我朝瑞祥再摇一摇拳头：

"瑞祥啊瑞祥，你年纪轻轻为啥没力气。"

"我吓得没力气。"

"瑞祥啊瑞祥告诉我，是谁吓了你？"

"不告诉你。"

我再摇了摇拳头：

"你要饿死的。走，跟我讨饭去！"

瑞祥好像看穿我的把戏啦。他不搭理我了。他躺下又去睡觉啦。

哈，瑞祥是个大猩猩。这个大猩猩就是一头笼子里的一个大傻瓜。

我放开拳头，给大傻瓜瑞祥吃一个空屁。

我保证瑞祥跟我出去能吃到饱饭。我不想一直吃家里的白食。再说，家里的白食也不好吃，老麦饭、老咸瓜，翻不出花样。我总能在空气中闻到饭香、肉香——天天有，到处有。

我不会去讨饭。讨饭的人，他们多可怜。逃荒了还得带上逃荒证。上面的字我审查过——"兹有某县某人民公社某社员去贵地逃荒。特此证明！"——没错别字。他们左手拿一只缺口碗朝人晃一晃，见没有米饭可给，赶紧用右手抖一下布袋，不敢浪费人家多一秒的时间和感情。一户给个十几粒米就算得一百分了。

我盘算好了，我的行脚生涯起步的第一脚应该进办喜酒的人家。

已经不记得那天是下雨还是晴天，是大冬天还是大热天。总之，那一天，炮仗在空中开炸起来，鞭炮声也接连不断。我只在路口迷失了一会儿的方向，然后就坚定不移地往南走。我家旁边就是一条大河，从南往北流，又从北往南流。我顺着河边，开步往南走。

往南走，我来到海桥街。我可以顺着大河的右岸直线走，但我左拐过了桥，沿着左岸往前走。在水桥上淘米洗衣服的妇女看到我直叫，幺明啊幺明，你要去哪里？我回答她们说，走亲戚去。在院子里玩泥巴的小朋友看到我追出来问，幺明啊幺明你去哪里？我催他们说，你们赶紧上学去。嘿，我才不会说我是去吃喜酒！

我越走越快，脚都出汗了！树上的麻雀被我赶走了一群又一群，河面上的小鱼被我吓散了一窝又一窝。

海桥街离我越来越远，农户隔得越来越散，疯狗却越来越多了。它们从主人家的篱笆墙里跑出来，朝我汪汪乱叫。我对追我的黄狗说，阿黄你叫什么，阿黄叫得更响了。我对追我的黑狗说，小黑你为什么这么凶，小黑叫得更凶了。我知道你们的狗脾气，我住嘴，但我不用走起大步甩它们，我只要弯下腰，我只需蹲一下，它们掉头就走。其实，我没有捡砖头，我手心里捏的只是一个空屁呢！我还知道你们的狗心思。你们追我，也就是追到邻居的篱笆。不过一条看家狗。

办喜酒的人家，可想得周到哩！那时的路没有路名，那时的人家没有门牌，可人民公社的人家办喜酒，在路口插彩旗呢。这不欢迎人家上门，又是啥？我上门的那个人家，嫁女儿。中午就开始热闹了。也就是中午热闹一下。新娘家在为难接亲的人呢！男方家放炮仗，放两个，等一下，见新娘家没派人出来迎接，再放两个，接着再等。啊呀，男方家的炮仗看来是放没了。为什么不多带一些呢？我是空肚皮过来的。这多急人呀！

我对新娘毫无兴趣，我想着吃鱼吃肉呢！我在厨房的门口看菜色呢。一个一个的大竹盘里，排着全鸡、全鸭，还有白切猪肝、白切猪肚。这些还只是凉菜，后面还会跟着一道又一道热炒呢。可是，他们把我拎出去了。他们问我，你是谁？我说我是幺

明。他们想了想说，我们家没有幺明这个亲戚。我回答说，我们是乡亲。他们笑得前仰后翻：傻瓜，你到外国去找乡亲吧，到美帝国去吧。

你看他们，傻气一团一团往外推。

我走了半天，去那个人家。回自己的家，我又走了半天。天上一朵云都没有，那是被我吓跑了。我饿着肚子呢。一点油星也没蘸着，一根骨头都没捞着。躺在床上，我琢磨，场面上那么多人，小孩子也很多，我咋就这么显眼被人识破呢？我琢磨出了——我没有穿新衣服。

好心人总是独自一个人偷偷出现。有一个白发老人提醒我，幺明啊幺明，你出来吃白饭跑错方向了。喜酒你吃不到的，你到吃豆腐饭的人家去。

我的肚子还饿着呢。情况糟糕到不能再糟糕的地步啦。我就听一回老人言。

我来到海桥街的那座桥上。我要去听声音，去闻死人的味道。河面开阔而深邃，它从远方过来，一无阻拦，凉风嗖嗖。

远方的哪里放了两个炮仗？嘣——啪——老天对着谁家开了一次门。

炮仗声来自北方。我顺着家门口的对岸走过。在水桥上提水的邻居见了我喊，幺明啊幺明你去哪里？我回答她们，去吃素饭。还在院子里玩泥巴的小孩子们看到我追了出来，幺明啊幺明你去哪里？我回答他们说去吃素饭。担心小孩子听不懂，我加一句，去吃豆腐饭。他们不追赶着打我，疯狗也不冲我狂叫了。

有人死了，他们害怕了。

路上我碰到吊丧的人。他们三三两两，伤心得走路都能歪倒。都穿着平常的衣裳，和我一样。这下不会被人轻易区分出来啦。这个还不够。我得对死人表现出兴趣。进了灵堂，我大声说，外侄来看您了。周围的人就都转过头来看我这个陌生的外侄。我点起一炷香，恭恭敬敬地给灵牌上香，认认真真地磕头，三个，一个不能少，一个不能多。然后站在死人的身边，凝视片刻。灰扑落拓的人挤了一屋里，只有死人穿得新堂堂。他们不能把我区分出来了。他们哪有心情区分人呢。

丧礼我经多见多，最好玩的是女儿多，儿媳多，侄女外甥女多，死的人又得是婆婆。婆婆躺着心平气和倾听她们的哭诉。躺着的是"恶婆婆"，受了气的媳妇强忍着不哭，瞎起劲的人在人堆里喊，哭一下，不可以不哭的。躺着的是一个"好婆婆"，一旁坐着的是一位"坏媳妇"，这位坏女人也强忍着不哭，她犟直着腰板，双手撑在大腿上，手心里捏着手绢，一副在坐马桶的样子。身体对着婆婆，头却扭向北墙。场面有点尴尬，瞎起哄的人在人堆里喊，哭一下，不可以不哭的。终于，媳妇们忍不住了，"哇——"地哭出声来，眼泪哗哗地流。于是，大家就松了一口气。

我是一个通情达理的人。我不能过多利用大家的善心。我知道我身上的味道，不比死人好闻。热闹凑一下就够了。去人少的地方站着，猪圈，羊棚，容易着凉的角落。我适应那种地方。我的身上穿着早晚的衣服。热了，不过把棉衣扎在腰间罢了。很方便。我不讲究站在什么地方，能看得见饭桌的位置就是好地方。丧礼人多，永远比喝喜酒的人多。屋子里哪里坐得下，满院子站着人。我也不占座儿。我站着吃饭。别人会端过来，不用我去

催。素饭的质量差是差了一点，但豆腐羹做得很地道，还是热的，一大碗，等不了用调羹操作啦。我们这里的丧礼厚道极了，要办整整三天。我的老天，不花什么大心思，做三天的饱汉呐！不过，做人得讲良心。等死人被抬出去后，我会忙一阵。灵堂的地上铺的稻草我来收拾。稻草好，干净，有青枝的香味。夜深了，想多陪一会儿亲人，就和衣躺着。不离不弃，不慌不忙。出殡了，别人都很忙，稻草就由我来，一捆捆抱出去。在灵堂里泡了三天的稻草总有一股怪味道。那也比教室里的灰尘更有人味。妈的，为了讨好同学老师，放学后我总是抢着扫地擦黑板。

我总算找到了吃白米饭的秘诀。我得把这个秘诀传给瑞祥。我还想拯救这个大傻瓜。

瑞祥见我到了，别过脸去不理我。他对谁都那样。我不生他的气。

我说，瑞祥啊瑞祥，你不要生我的气。今天我不骗你，我的拳头里真的有粑粑。

瑞祥回过头，眼睛盯上了。

我接着说，瑞祥啊瑞祥，你跟我走，我保证你吃饱饭。

瑞祥还是说，他吓得跑不动路。

为了显示我的诚意，我打开手心。我真的带了满满一手心的糯米糕。不能欺负傻瓜。何况我也是傻瓜。

瑞祥吃啦。瑞祥他掉牙齿啦，呶得像一头老牛。

瑞祥不听我的话才老成这个样子。这让我伤心。我上去摸了摸他的耳朵，生硬冰凉，像是腌猪耳。

我的乡亲们以前叫社员，现在叫乡民。海桥乡的路都取了名了。我不用记那些名。你用老方法和我讲清楚，在哪个大队什么小队，横河还是竖河，河东还是河西，河南还是河北，我就能摸到丧家。海桥乡的每一个人都认识我。我不认识他们之中的任何人。所有的人我看着都觉得面熟陌生，我至多笑一笑。他们个个大惊小怪地叫着提醒别人，快看啊快看啊，佬明来了佬明来了。看到我佬明，每一个人都能得劲儿，腰挺直了，嗓门大了，手脚快了，骂男人更凶了，小孩也倒霉了。我从来不和他们啰唆，我大步走我的路，至多回头笑一笑。我不会耽搁一分一秒，我赶着去吃饭呢。现在他们不叫我幺明了，他们叫我佬明。或许我年龄大了，或许我成了三好学生。

海桥乡里的人我只认一个人做知交。那个知交是吹洋号的。在丧礼上吹，也在喜席上吹。吹的曲子一样，就那么几个，外面常听得到。他们吹曲子的，还有扎纸房子的，念经的，通通是我的晚辈。我算最早吃素饭的闲人。吓人的葬礼是有了我们这些人后变成了热闹的场所。他吹洋号把自己吹成青蛙了，腮帮子一鼓一收，圆肚皮一胀一缩。我很好奇，经常站在旁边看他。他用眼睛斜我一下，从没赶我走。终于，等到换曲子了，他叫唤我："佬明啊佬明，你娘子要吗？"

我吓了一跳。没人跟我开过这样的玩笑。这个玩笑开不得。这么多年，我确实长大了一点。女人的皮肤腻人。我不小心碰到过一次。当时，我吓了一跳，也吓了那个女人一跳。我怕女人——有点吧。

洋号他是随口说说，我也就随口回他："娘子我有的。"

"佬明啊佬明，你娘子在哪里？"

"我娘子在屋里。"

"佬明啊佬明，你是麸皮。"

说我是麸皮，大家跟着笑。他却不笑了：

"认真点儿。你到底要不要娘子？"

"要的。"

"是不是肚子吃饱了就想女人了？"

"是的。"我想洋号是说对啦。

"你要什么样的老婆？"

"傻瓜我都要。"

眼瞎的我领她走，聋哑的我替她说，瘫在床上的我讨饭给她吃。我一直这么想咧。

"难看得像一个秤砣，你也要？"

"要！"

我记着瑞祥的教训呢！我凑近他的耳朵说了一句悄悄话："问问她爹同意不同意。"

看起来他是真心为了我好。他没有把我的请求转出去当笑话卖。

洋号这么说，肯定有他的道理。他该不是已经帮我物色好了。或许，这个女人就在这儿的人堆里呢！这么一想，我拔脚去找。我去四周转转，很正常嘛。

什么样的女人愿意做我的老婆呢？我一个一个去查看。我想，这里最难看的女人，她就是我的老婆了。

这里的每一个女人都漂亮得让我心跳。她们个个认识我，人人知道我人畜无害。发现我在偷看，女人就捂着嘴巴问，佬明啊佬明，你在找什么？我回答她们说我在找人。女人们都很好心，她们问我是不是在找娘子。我哪有胆量说是呢？我一概含含糊糊地"嗯"一下。她们比老是作弄我的那帮屁孩好多了，没有骗我说，娘子在她们的手心里。她们做同样的手势让我去那里，指的是同一个方位，好像暗示我，我的娘子在那里。

那里是灶头，灶头背那里，坐着一个火娘，她正忙着往左右两个灶膛里添柴火。

火娘的脸红通通的。她哪会是这里最难看的女人呢？我仔细想了想，她的漂亮是被热火照出来的。她就是这里最难看的女人了。

我站在灶头边看着她。她好像知道有男人在看她，故意不抬起头，手忙脚乱地往灶膛里塞稻草。

那天晚上，我急急忙忙赶回家。我看看我的小屋，足够放得下一个女人。我看看我的小人书，足够女人看一辈子。第二天我拿钱买了一包烟。我不记得自己进过小店买过烟，我从来不用带钱。

我的大哥哟，我一早就悄悄地贴着他，捏着一支烟等他。他放下洋号了，我碰碰他的手臂，凑近他的耳朵问，她爹同意了吗？

他忙得很，转头看看我，接了烟点上，又吹他的洋号了。

大哥他碰到难题了。他不好意思开口呢。其实我早就听人说，没有嫁不出去的女人。这句话什么意思呢？只有讨不到老婆的男人。是这意思吧？我就是讨不到老婆的那种男人。

想通了我就大声问他，是不是她爹不同意？

他也大声回答我，佬明啊佬明，我还没找到她爹。

老婆的事到现在还没着落。这不关大哥的事，这也不是女人的错。

那时，大哥关照我的还有很多。到丧礼结束，快要散场了，他就给我情报，佬明啊，明天哪儿哪儿，我们见面。哈，我认他做朋友。这个朋友还经常带给我衣服、鞋子。鞋子我最需要了。别人就学他的样，也给我带这带那的。我有穿不完的衣服，有无数双鞋子。我总能挑得出合脚的鞋子。更重要的是，有了这个朋友，我用不着去海桥镇的老桥去听风声了。

几年前，大哥告诉我一个不幸的消息。当他把洋号收进布袋时，他忧伤地和乐队的其他成员道别，临走时没有忘了我。他说，佬明啊佬明，从明天开始，我不去丧场了。政府定了规矩，葬礼上放炮仗、扎纸人、请乐队的，就拿不到政府的六百元奖励。

"有你们在，活人的胆子不就大了吗?"

没想到我的随口一说，让他们感动得掉眼泪。队员们不嫌弃我的味儿，纷纷拥抱了我。

这事对我也有影响，我又得回到海桥镇的那条桥上去听风声。这点困难不算啥。海桥公社都变成海桥乡了。据说，海桥公社之前还叫海桥乡。不管怎么变，人总是要死的。只要海桥还有葬礼，我就不会饿死。

现在我六十多岁了，我腿脚很好，还能跑得飞快。不过，我现在不用飞奔，没有人追我，连狗也不会。我也不用去桥上闻哪家死了人了。政府每月给我钱。可每次我准备生火做饭时，总会有人上门通知我，哪家哪家在办葬礼，弄得我不去不行。那我就兜一圈，到现场露下脸，让陌生人认识我。弄得我是老三好学生似的。其实我明白，我远不如你们。但假如我生来不是兔唇儿，也不认识那个骗猪快手的话，我活得不比你们差。

我想起了另外一个老朋友瑞祥。他不听我的劝。很久以前我又去找过他。我想再去劝劝他，顺便给他带一块粑粑。可他已经不在那里了。那间柴火房恢复了原样。里面没有一丝瑞祥住过的痕迹。我问路人，瑞祥哪里去了？他们的回答都不太耐烦：死了。瑞祥死哪里去了？应该没有别的选择，生猪屠宰场该不会是这个大傻瓜的去处吧。

2023 年 1 月 11 日，修改于 7 月

误入墙缝的蜜蜂

从外婆家的西山墙边往北看，云朵说她隐约看到了上海的轮廓。云朵还说那个轮廓像海市蜃楼："好像它还在动呀——哎呀呀，它越来越近了。"

云朵为自己的新发现踮起了脚。她把外婆拉近，要外婆顺她的视线看，问她也看见了吗。外婆担心云朵会忘了自己是立在一条长木凳上的，索性就把云朵抱了下来，还哄她说，云朵眼尖，外婆老花了。

七岁的云朵即将做小学生了。昨天，她从幼儿园一回到家，就放开喉咙对着妈妈喊："哎呀呀，我爸到底长什么样？他长得帅不帅？"云朵把自己的疑问发挥成这样，眼看做妈妈的马上憋不了了，外婆对女儿眨了一下眼，赶紧说："五一长假啦，明天我带云朵回老房子去。"外公接口说："老房子许久没有开门透气了，不要还没等到拆迁房子就倒了。"外婆还对女儿说："你也该清静几天，过几天自由的好日子。"为云朵该不该见她的爸爸，外婆他们早就作了决定：等云朵读大学懂事了，让她自己决定该不该见她那个太不像话的爸爸。看眼下的云朵，她已经等不了了。

因为等着被拆迁，老房子越来越破败了。又因为迟迟没有动迁，老两口又生出一些后悔来。还好的是，离开市区并不太远，但老房子这里的环境已经全然不同了。自家小池塘里的水葫芦快要挤到菜田啦。母鸡咯咯地叫个不停要生蛋啦，公鸡没忘记在白天也啼几下鸣，表示它很厉害啦，白山羊咩咩地叫着要草吃啊。这些乡下信息，大多数还得归属到邻居家去，但云朵把它们打理成自己的过家家了。外婆很得意她每次回老房子总把云朵带上。眼下，老房子开门住人由外婆她自己打理；院前的菜畦被疯了的野草淹没了，连门前的小路也被掩了一大半，要不是地面那层硬皮，野草恐怕在此扎根发芽了。老头子正忙着拔草。

春末的乡下，空气中到处都是嗡嗡的声音。云朵还说，嗡嗡声振动空气了，嗡嗡声把太阳振得摇摇晃晃了。

灰白的菜碟围着橙黄的油菜花转，云朵追着菜蝶玩，蜜蜂追着云朵耍。外公不时地直身提醒云朵，千万别去惹蜜蜂。黄黑相间的蜜蜂圆鼓鼓的，云朵说她可不想惹它们，它们烦死人了——它又停下来了——还转身盯着我——哎呀呀！

云朵跑到外婆的身边，拉紧了外婆的手，好似有重要的事情要讨教："外婆，有一种嗡嗡声，特别响。"

"云朵啊，乡下的嗡嗡声多一点，这没啥奇怪。你想啊，这里有蝴蝶，有蜜蜂，有蚊蚋，还有苍蝇蚊子，嗡嗡声能不多吗？还有，天上飞过的飞机；还有你这个小精怪，你不停地小惊大怪，嗡嗡声能不大吗？"

云朵不理外婆了。她跑去外公那里，说了她同样的疑惑：

"外公，有一种嗡嗡声，急得团团转的嗡嗡声！"

外公望了一眼外婆，他笑着说："云朵啊，外公外婆年龄大了，耳朵不灵光了。说不定真的有你说的——嗡嗡声——要么，你去找找看。"

当外婆要找云朵的时候，已经不见她的身影了。外婆瞪了他一眼。

过了一会儿，失踪的云朵发声了："外公！外婆！快点过来，快点过来！"

云朵在东山墙的墙根那里。她蹲着正在看什么稀罕物。她对着老两口做了一个噤声的手势，招手让他们过去。乐意配合的两位老人踮起脚尖，蹑手蹑脚地走去。云朵指着一条墙缝。顺着云朵的眼势，两个老人明白了，那个特别响的嗡嗡声，发自于这道墙缝。

那是一堵红砖石灰墙，风化的石灰皮几乎剥落殆尽，红砖面也是触指掉粉。有一道墙缝裂到地面时，豁开了一个口子，为了大口呼吸地气似的。

"外公，里面有一只蜜蜂。"

"云朵瞎七搭八了吧？蜜蜂怎么会钻进墙缝里呢？"

"真的，我看清了，里面真的有一只蜜蜂在撞来撞去。"

"哦，墙缝里有一只误入的蜜蜂。"外公责备起蜜蜂来："你做蜜蜂的不好好地在外面采蜜，偏偏钻进墙缝里找死啊。你受了什么误导啊？"

"外公，它真的会死在里面吗？"

"或许吧。飞不出来就只能死在里面了。哦，外公想起来了。怪不得外公有看到过，风干的蜜蜂掉在洞口。"

"外公，我们救救这只蜜蜂。它好可怜。"

外公折了身边的一根细草茎，挽高了袖口："这种危险活，就由外公我来干。"他看了一眼外婆，又把云朵拨到一边去。

外公用草茎试探了几回，终于从食指长的深处拨出了一只蜜蜂。这个小家伙抱着草茎，甚至还愤怒地用嘴咬它呢。出了洞口，小家伙跌落在地上，粘了红砖粉的身上又添了泥灰。它振动翅膀，却飞不起来了。奇了怪了，有幸脱了险的蜜蜂连滚带爬，它居然还要回到那道墙缝里去。

外公拿下戴着的草帽把它给扣住了。

哎呀呀！

云朵贴着墙洞听了一会儿："里面还有蜜蜂。"

外公、外婆吃惊地张大了嘴巴。外婆用手肘提醒他赶紧了。又有一只蜜蜂抱着草茎被拉了出来。它也和之前的那只一样，连滚带爬地想回"小黑屋"去。

这对难兄难弟都被扣在草帽里了。

云朵贴着墙缝仔细听了一会儿，摇摇手说，里面没有嗡嗡声了，可蜜蜂为什么这么喜欢这个墙洞呢？

云朵又凑近墙洞看了又看：

"哎呀呀，里面还有东西呢！"

"云朵，你眼尖。它是什么吗？"

云朵看了又看，说："洞底有一样东西，看得见它有颜色——是白色——是一朵白色的花。"

外婆尖叫起来："哎哟哟，外婆吃不消你了。外婆的血压要飙升了。"

外公说他要亲眼看看它到底是个什么东西。

他拉开云朵，贴近洞口，仔细看了一会儿后说，总算看清楚了。外公站起身，掸去膝盖上的土灰，拍掉手上的垃圾，瞪了云朵一眼，还用云朵看不见的那个眼角朝外婆眨了一下："瞎七八搭的小精怪，这哪里是花，明明是一个毒蘑菇。"

2023 年 7 月

网约车的副驾驶位

上车的这个姑娘可不能用苗条啊活力啊这些过时话来说啦，她像是一个会跳高的姑娘。姑娘拉开后车门，上了车，回手拉上，挪了两次屁股和长腿，藏到驾驶座后面的位置去了。

驾驶员伸出右手调整后视镜，捕捉不到隐秘在身后的小姑娘，之后就松开了刹车。

显然这个小姑娘把后排座不仅用来坐的了。一皮包的零碎全倒在了皮椅子上，然后一些盒子打开了，一些盒子合上了，全是一些细小动听的女人声。

"小姑娘，你的位置昨天坐了一个小伙子，一个有点吓人的男人。"

"怎么了？发生抢劫啦？"

"这个小伙子上车后也像你那样，躲我背后，但没你那么忙。"

"嘻——我在准备魔术。"

"小伙子两条腿收得很紧，一般人要么平放，要么翘一个二郎腿。"

　　驾驶员也没回头看一下，他接着说，好像后视镜是话麦似的。

　　"说得倒像有这么一回事了。"

　　"这个小伙子没有靠着椅背，而是竖起来的，两只手插在上衣口袋里，没带行李，甚至连一个包包也没带。"

　　"越来越像了。那你怎么办呢？"

　　"我不开车，原地停着。"

　　"师傅你挺有办法。"

　　"请不要叫我师傅。最好称呼我先生。"

　　"——先生，你挺会讲故事的。"

　　"我对那个小伙子说，小伙子啊，你看起来身体很棒，短头发很粗。可你坐在我的背后，我看不到你，预测不到你下一步要干什么。"

　　"我要是那个强盗，会被你弄晕的。"

　　"强盗嘿地贼笑了一声，就挪到右边去了。"

　　"哇，你的意思我拎清了。"

　　小姑娘挪到了副驾驶位的后面，左手把那些盒盒罐罐推到左边去。

　　"只让一个安全，另外一个就会觉得不安全。这个道理成立。现在，先生你，方便预测我了吧？"

　　"仅仅能看到，还不能预测。"

　　"越来越高的要求啦——"

　　"不是要求高，而是还没有弄明白。那个小伙子放松了一点，两只手在口袋外面了，但还捏着拳头，好像不知道放哪儿。他一直低着头，不看你一眼，他在用耳朵看我。我能感觉得到。"

"危险还没有解除啊。"

"我就说，小伙子啊我估计你还没来得及吃晚饭。"

"你怎么知道他肚子饿着？瞎蒙的？"

"他的左手从口袋里抽出时，带出了小半包饼干。他掩饰得很快，马上塞了回去。"

"口袋里握着拳头，原来是惦记饼干啊。"

"我说小伙子啊，你的目的地挺远，没有半小时开不到。你别嫌弃，车盒里吃的很多，有馒头、蛋糕，还有两个热狗。你知道，网约车司机最好不要停车，这对谁都有好处。"

姑娘笑了起来，说她好像也有这样的感觉。

"副驾驶座前面的那个小柜子，打开不容易，我不方便拿。要么你爬过来。"

"那个时候车已经开出去了？"

"是的，开老远了。"

"那怎么爬过来？"

"副驾驶座底下，左手边，那个圆把子，你顺时针转。"

姑娘的劲儿小，拧到呼哧呼哧的鼻息了，椅子靠背终于躺倒了。

"他就这么爬过来的？"

"是的，并不很难。"

"那——我——也这么爬过来？"

"可能样子有点难看。不过，我在开车，只看前面，不会看两边。"

"我穿牛仔裤。不怕你看。"

驾驶员放慢了速度，姑娘爬过来了。为了显示成就感，捏两

个小拳头"耶"了一下。

"你还真的爬过来?"

"我要验证一下,储物柜真的有这么多吃的。"

"那种场面,我哪敢开玩笑。不信你打开看看?"

"后来呢?后来那个人做什么了?哈,我估计他什么也做不了,完全被你掌控了。"

"我不知道这个小伙子到底想干什么。他什么也没干。等他吃饱了,目的地也就到了。他连一声谢谢也没说,开了车门就走了。"

"有点失望。他总该说点什么。"

"他不喜欢说话,从头到尾,他没有说过一句话。"

"或许,应该道谢的是你。"

"中止作案,刀下留人,一起未遂暴力案件?经你这么一说,我还真该谢谢他。"

"别怪我话多。话多是我的职业。"

"话多的姑娘更可爱啊!"

姑娘的脸颊上闪过红晕。驾驶员瞥见了就止住话头。驾驶员按了按车窗钮,打开车窗稀释一下,尴尬的念头一闪而过,复位的车窗咕哝了一声。香哄哄的味道,留下来多一秒也是好的。

"知道我为什么坐在你的后面吗?应该不知道吧。我在化妆,我习惯左手拿镜子,右手操作。"

"为此我要向你道歉。"

"你是一个绅士。开网约车你是客串的吧?"

"算是吧。开网约车之前,我差不多要饿死了。"

"像你一样,我也曾经背过。想知道我的职业吗?"

"规矩让我不敢问。"

"我是网红,专门卖化妆品。现在就赶着去商场,有一场直播。"

"网红,我有幸在和一个网红交谈。"

"知道我为什么爬到前座来吗?"

"我只知道你不是为了吃的。"

"看看我,我漂亮吗?比上车的时候更漂亮吗?"

"你像一个会跳高的女运动员。"

"你是在表扬我吧。"她急着往下说,容不下司机的插话,"化妆是魔术,网络也是魔术,都是了不起的魔术师!"

"我们两个都是网络的受益人。"

"想知道我爬到前座,还有什么目的吗?"

这下司机有点蒙了,他踩了刹车。隔了几辆车的前面亮着红灯。他转过脸,被许可了似的看着女孩的眼睛。

"我想看看一个会讲故事的人长什么样?"

"焦虑的模样。"

"我也挺焦虑的。其实我年龄不小了。我是一个颜值控,我的男朋友一定得帅,哪怕他有点坏,这总比早晨醒来看到一张恶心的脸来得好一点。我明白这有问题。但这个问题一直在纠缠我。"

"男人的脸不是用来看的,而是用来品味的。"

"好的,那我就品味了。大叔你还单身吧?"

"怎么看出来的?"

"有家的男人追女人总是用钱来,你却用一个故事吸引一个女孩子坐到前排来。"

"怪不得你可以做网红。"

"我还看出你是第二种单身。"

"第二种单身——是的，我有一个可爱的女儿，不过归她妈妈管。"

"看起来你也是一个坏男人。"

"太武断了吧。"

"你长一张出轨脸。"

"找到出轨的原因了。另一半的错在女人那边。"

"还敢出轨吗？"

"出轨的后果是仰翻在路边。还不如耐心点，等到下一站换车。"

"死不悔改，你？"

"对我来说，问题在于还有没有下一站。"

"认清现实的男人还是有救的男人。你的文案很好，愿意帮我的话，那可是我的幸运。"

"我比你更幸运——你是愿意坐我副驾驶位的第一个女性。"

2022 年 1 月 10 日

今天暂时停止

过铁路道口不比马路口，行人多喜欢转头看看铁轨的来路，再掉头望一眼铁轨的去路。

火车要来了，当当的警示音响了起来。

阿姨拽着买菜小拉车赶到道口时，细长的路杆落下来横在她的身前。她停了下来，往后侧退了几步。有比自己更急的人，他们不听道员的劝，弯腰钻了过去。

没听见火车声，也没见火车的影子，它大概还有五分钟来。道班为安全留了过多的余地。

阿姨的嘴角撇了一个微笑。冲到对面的那几个人，未必有什么急事。他们可能只是心急而已。读小学时有一次过马路，汽车喇叭的急响并没有让她停步，反而刺激她闭上眼睛起跑冲刺。司机的诅咒比刹车痕更黑，比橡胶的焦味更臭。她被真正地吓了一次，后怕还使她回家哭了一回。

阿姨往后侧又退了两步。

阿姨想到，响的要是当当声，当年她就不会不顾危险冲马路了。

　　阿姨的买菜小拉车装得很妥帖。固定在小拉车的布袋子被塞满了，袋底有血水渗出。一把芹菜头披在袋口。系在横档上的那个马甲袋里是青菜，挂在手把上的那个马甲袋里是一只西瓜。

　　天空因为台风云更有了看头。黛黑的云团从地面缓缓腾升，从容得忘记自己是在升空。退却的阳光愈发把云峦照得通亮——难得一见的天象。

　　"从来没见过……"

　　一个男人发出了感叹。他应该有七十了，面相却不老。他坐在驻停的电瓶车上。

　　"呵，我们不是没见过，只是我们没机会看。"

　　旁边的一个男人回应说。他也这么笃定地坐在电瓶车上。两个年龄相仿的男人互相看了一眼。

　　"还有一件事也从来没有听说过。哦，好像在杭州郊区吧，一位老太等公交车，等了大概四五个钟头，结果还是没有等来。"

　　"这太奇怪了。"

　　"站牌上写得清清楚楚，头班车 5：30，末班车 18：30。"

　　"四五个钟头没有一班？不会吧。"

　　"其实，这条线路只有两班车，早晨一班，傍晚一班。"

　　"我的天呢！公交公司把那个老太玩惨了。"

　　"更加离奇的是，那个老太一点也不急。她东看看，西摸摸，和这个人说说话，又和那个人说说话。时间易过得很，老太一点也不着急。要不是她的孙子找过来，她可能会真的一直等到那班——六点半的那一班。"

　　火车过了道口，那两个男人随着大流走了。那个故事阿姨也听进了。她呆呆地站在原地，又发现自己妨碍别人了，索性退到路边的树荫下，一个公交车亭里。

台风云堆积成山脉啦，头顶的天空越来越小，越来越远。台风还远在西太平洋，它把上海已经圈成了另一种形式的台风眼。

公交车亭的背面是一堵围墙，里面围着一大片荒地。工地显然被什么麻烦事给耽搁了，全被一枝黄花侵占了。贪嘴的围墙还把法国梧桐树的下半身也圈了进去。围墙顶上窜出的叶子，它们的形状粗看像梧桐叶，其实比梧桐叶漂亮多了。它们是构树啊。

又一班火车即将过境。道班员规矩得像一个机器人了——这个年轻人每伸一次右臂，道口就发生一个变化。路口的信号灯由绿变红了，铝制小喇叭发出当当声了，闲置一旁的细长竹竿放倒成交通栏杆了。当两边的行车路人安心甘作道口的看客后，道班员退到杆外，面向火车驶来的方向，挥动一面绿色的小旗。他的左手捏着红色的另一面小旗。

出于火车道口的重要，这里的警示还有，"小心，火车"，"停止线"，"禁止闲杂人员进入铁路线路区间或侵入铁路安全限界"，还有表达不清的公告："本道口4：00至次日2：00有人值守，其他时间无人看守，车辆行人通过时，请瞭望确认无车后通行。"但所有的警示中，阿姨觉得当当的声音很服耳，它简直到了好听的地步。

当——当——当——

阿姨琢磨着当当的声音为什么这么好听。她想着想着，身体突然一激灵——当当声不像是一把医用小榔头？当当声能敲出条件反射。

当细栏杆再一次抬起放行时，对面走来的是阿姨的女儿。她的情绪有点激动：

"妈妈，你在干吗？你早该到家了。"

阿姨没有埋怨女儿的丝毫表现。她神秘地说：

"那个当当声真的很好听。"

"因为当当声好听，你就不听手机的铃声了？我打了你多少次电话，你知道吗？"

"真是抱歉，我把手机给忘了。"阿姨从挎着的背包里拿出手机。显然她翻看到了未接电话的计数。她对女儿做了一个夸张的表情。

"那个当当声真的很好听。留下来听一回吧。"

"好吧。"女儿的表情很勉强。她似乎在为别的什么而疑惑。

那条铁路通往宝钢。它是那么重要，总是不紧不慢。

火车又要来了。当当声又响了起来。

"好听吗？"

女儿想了一会儿，回答说：

"是的。我想，它不紧不慢，跟心跳一样的节奏。"

妈妈开心得踢了女儿一脚。

"老实交代，你刚刚是不是怀疑我老年痴呆？"

"是的。我向妈妈道歉。"

阿姨用肘子提醒女儿注意听有人在说话。

"啊，当——当——当。它让我想起一件事了。"

"兄弟，说来听听。"

"有五十多年了呀。当年我做知青去云南插队，坐的是绿皮火车。有一天凌晨，火车在云南的一个小站停了下来。天蒙蒙亮，站台上有许多当地的小姑娘卖土特产，递进窗口的那种。我记得，我拿了两个熟鸡蛋，不知道什么原因，我没来得及付钱，火车就启动了。"

"啊——结果呢?"

"火车开了——"

"你没给钱?"

"鸡蛋还是热的。那个小姑娘还在追。当时我还暗暗得意——啊,当年我才十七岁,也是一个孩子——啊,也是没什么钱啊。"

男人摇了几下头,眼眶里有泪光。一旁的男人也摇着头表示理解。

同样的,这也是两个坐电瓶车上的陌路人在闲聊。

女儿凑近妈妈的耳朵说:"他们和你差不多大。你好像没有类似的经历吧,没听你讲过。"

"我比他们幸运多了——留在上海,读了大学,还做了医生。"

望着远去的人流,妈妈吩咐女儿:

"等下一班车来的时候,你把当当声录下来。"

当细栏杆再一次放行路人时,从对面走来了阿姨的外孙女。这时,台风对上海的影响更大了一点,天空有时洒落几滴雨。

"外婆——"

外孙女十五六岁的样子,戴了一副遮住了半个脸的大墨镜。

"啊呀呀,囡囡来找我啊。囡囡可不是一般的女孩,她们要么真近视,要么装近视。"

"外婆,你说什么呀?"女孩转过头问妈妈,"妈妈,你为什么老是不接手机呢?急死我了。"

妈妈看了阿姨一眼，破口笑了起来：

"我故意不接的。看你会不会找过来。"

"啊，为什么啊?"

"那个当当声，你外婆说很好听。我现在也觉得很好听。我想让你也听一下。"

火车过了一会儿又来了，当当的声音又回响了起来。

女孩侧着耳朵仔细听。她回过头，尴尬地朝外婆笑了一下。

外婆示意她注意听那些旁白。

"今天碰巧路过这里，又听到当当声了。"

"以前市区里面也有很多道口，也常常听到当当声。"

"是的，现在听不到了。闹市区的道口都改隧道了——交通确实方便了，但当当声是听不到了。"

"我看啊，老兄弟，这里也很快造隧道了。"

"这么说起来，以后很难再听到啦。有点可惜!"

火车过道口了。这班火车有四十多节货箱，多得前数后忘记啦。火车头拉着这帮不情愿的家伙走过来，最终这些家伙又被火车头拖走了。从铁轨声的沉重可以听得出，它们过于懒惰了。

让阿姨更吃惊的是，那个道班员走了过来。

他扶了扶帽檐。对阿姨说：

"幸福的一家人啊。好了，现在，我下班了。阿姨你，也该下班了。"

阿姨她们一家人过道口。从铁轨深处吹来的夏风很凉快。

2023 年 8 月 10 日

四十九粒黄豆

一

那对孤老松了口气。在太阳落山之后，他们终于可以享用今生的最后一顿晚餐了。

至于最后一顿晚餐，那一对孤老年前就下了预定，只是在为吃什么而犹豫。煮一条蝮蛇，连皮吞食癞蛤蟆？这不仅不能确保末日的如期来临，口感也过于恶心。吞老鼠药，还是喝农药？这样的死法过于折磨人，传出去的丑名声也显然让人难于安眠。之前，两位老人还考虑过跳河、上吊，因为担心吃相实在难看而放弃。

之前，两位老人拾黄棉花。白棉花早被田主收得看不见一朵了，来不及开花就被西北风封冻的僵棉铃，里面就有黄棉花。老人的旧棉被已经条条缕缕，老太想着过冬的难处，想着续一点棉花就好了，就在黄昏时分摸进人家的田里去捡漏。主人料想到了可能发生的事情，老远跑过来，拉开两个人的系兜瞄了瞄，发现没有几颗，不值得收缴，只是临走时晃晃小指，骂了一声：老不死，两个！

在难熬的冬季来临之际，两位老人意外地被这句话骂倒了。

回到家，两人终于开口说起话来。"死"，在两个老人光秃秃的牙床上颠过来倒过去，磨损直至失去凌厉的寒光。

老头说，死这个话，不能随口乱说的。老太附和说，是的，连下半天四点钟都要改口说十三点。老头说，说死这个字，是拿人往死里咒。于是，纷纷扰扰的，有关的字眼挤着过来了，送死，骚死，作死，病死，死鬼，死猪，喝死你，骂死你。老太脑子好，突然还想到了，死这个字，还有遭人喜欢的一面，居然还蛮多，爱死，爽死，风流死鬼，开心死了。最后，他们聊起了"死去活来"，这让他们突然想到了天堂，还有西方极乐世界。

老太老头发现了新天地，觉得死不全是不好，也有温暖希望的一面！从此，老两口就此谋划了起来。

现在，他们圈定了河豚。河豚鱼汤将成为人间的最后至味。

二

显而易见，河豚鱼汤合适不过：它不仅是长江下游地区数一数二的名菜，毒性还强大，能在很短的时间里切断往来生之间的念想，连苦痛也来不及前来纠缠。老话说得好，"拼死吃河豚"。老两口还未敢品尝过呢！

冬季前，河豚在这里随处可见，容易捕捞。之前，却会被老头从一堆小鱼小虾之中剔出。

阳光午后的一脉浅沟里，老头惊喜地发现了河豚的踪迹。吹来吹去的风已经无惧寒冷的北方，但还无关东南炎热的海洋。天顶上的薄云透迤而去，倾倒下一股暖风，倾泻到长江口平原阳历四月的泥土上，化成阴风，泥浆一样迸溅进老头的破裤脚管里，跺脚也只能抖落少些，而耳边的暖风熏得蚊蚋闹腾。老头蹲在屋后的浅水沟边，瞄准了浮游中灰色黑点的鱼背，用手指捞起了十多条小河豚后，挥手叫来了老太，两个人儿戏一样蹲着，用一根青苇耍弄了起来：轻轻敲一下鱼背，河豚的肚子胀一下，从脚趾头大小胀到小囡拳头一般，鱼嘴渐渐地变小，像少女的乳头。

近远处，植被已经返青，黄豆从地皮下冒出双芽头，此后，这对双胞兄妹将逐次化育出一株满满的儿女。通常，在长长短短的冬令农闲之后，人们在清明节祭奠一下先人，之后，再也没有什么牵挂值得回头了，要做的便是一头扎进农事——播种早稻、蚕豆以及黄豆等蔬菜庄稼。很难想象，这万物复苏之际，有两个老人逆势而行。说起来，这个惊人的计划其实也无关周边的邻居们，在一片绿意葱茏的田野里，即使孤老家的房顶不见了，从远处望过来的乡邻，也最多以为，那是因为田头的麦苗长高了，至多是田地里的一堆稻草豆萁垛倾塌了而已。这一直让彼此心安理得。

孤老的那只田园猫闻见了鱼腥味，从破屋的芦笆缝里钻了出来，几个跳跃，来到老头的脚边。喵的一声询问后，田园猫正要伸出右手，被老头一把挡开：这次，轮不到你喽！

考虑到猫咪卓越的独立生存能力，它并不在本次计划之中。不过，想到了平日的人猫同食，两个老人面对着，咧嘴笑了一下。

三

满意的老两口在太阳落山的余晖中生火开灶。

家里已经穷透。四处漏风的草屋像一只断了榫头、扭捏不定的小板凳。土灶的烟囱已经堵塞，回流的炊烟薰得灶台灶壁像老头的牙齿，灶君公公的画像是五十多年前砌灶时涂的，早已是面目全非，不识的人更可能认为画的不是神仙，而是妖魔。一眼灶膛也已倒闭。老太在另外一眼的铁锅里倒满水，一旁的大水缸，水也已见底。豁口的盐钵头仅剩下早已板结的盐垢，老太用断柄的陶瓷调羹刮着缸底，吱吱声中盐末飘入锅中。锅面上热气升腾，十来条河豚在热水中升腾翻转，早年老两口见识的江豚在长江近岸的晨雾中戏水，就是这样的图景。老两口按着老法，剖开了白肚的河豚，留下毒性最大的鱼鳃鱼腺和鱼籽，败味而无毒的鱼肠也做了无害处理。

当河豚鱼汤浓白的鲜香味夜色一般浓重时，老太示意老头在对面的跛脚小板凳上坐稳当了。

老太的脚上已经换了一双花袜子。袜子没有被穿过，只是经年已久，褪了当年鲜红的颜色以及软熟，看起来有些板结。老头眼熟，禁不住有点冲动，伸出两只手抚摸起老太的脚面。这是一双大脚袜子。当年，正是她的那双大脚丫，遭人家瞧不起，贫穷的老头才捡漏娶了她，有了这对夫妻。现在，老太终于可以大大方方地穿在脚上了。

老太的左手边放了一只破旧的木质升斗，里面剩有一把黄豆。在当地的葬礼上，灵牌的一边置放一只瓷碗。每一个祭奠仪式结束，一粒黄豆就被放入碗里，杜绝因为某一个环节的疏漏而发生黄泉路上和天堂里的种种意外。因为没有后人治丧，两人为自己办起了白事。

老太捏起一粒黄豆，上身前后晃着，无介事地轻声念叨：

"今朝我俚两个去西方，去西方极乐世界。"

老头咕哝说：

"好是好的，不过真正怎么样，也没见从那边的人回来说起。"

老太把一粒黄豆放进眼前的一只破碗里。伶俐的黄豆骨碌碌转了几圈，停在碗底时像一粒徽子。

日常的反调唱多了，老太不予理会，继续念叨：

"苦啊苦，没有儿女最最苦，奈何！"

老头应声道，是啊，不知道是啥人不争气！

两粒黄豆互相碰撞了几回，安静了下来。

"小时候，强盗来了，面孔上抹了灶灰，躲进了稻草堆里。"

老太看了老头一眼，老头回声：

"还好我是男的，只要躲门背后。"

三粒黄豆了。

"当年挑泥围田，可怜我一个小姑娘啊，吃不起分量的白嫩肩胛。"

老太摸了摸一头高一头低的两只肩胛，随后老头也摸了摸自己的膝盖。膝盖关节粗大，弯曲起来像是折断一根枯竹。也是叫泥担压的。

碗里又多了一粒黄豆。

老太用衣袖抹了抹眼角，也没见到泪花。

"纺纱织布我在行，老头子俚挑担挑来棉花担去布。"

大约有十来年，两口子靠纺纱织布过日子。只是，延续了祖祖辈辈几百年的营生，说断就断了。

"码头上望不见布船来，布老板跑到别地方。"

　　老头分出一只手，抓了一粒黄豆，往碗里扔。看起来是生了气，黄豆越过碗沿的一个碟口，躲进了稻草里。

　　那是一段老汉最滋润的日子。从事的是当年时髦的"代工"活计——从棉布行里拿了棉花，回家让老婆纺成纱，织成土布。尽管酬劳极其微薄，但一不要底本，二不用担心销路，肚皮总算饿不着了。甚至，老头居然还逍遥过几回——偷偷地买过几盒卷烟，占过男人三大嗜好"烟、酒、茶"中的一品。

　　"天上的太阳，地上的银子。我俚穷啊，买不起地皮，屁股大的一爿地叫我俚奈何！"

　　老头眨巴着眼，想起了和老太像野狗一样，黄昏后去田头拾粮食。别人的庄稼收割归仓，棉花田里拾黄棉花，棉絮里添黄棉花；油菜田里捧了一袋一袋的沙土，回家后用筛子捡油菜籽，油菜籽调来菜籽油；稻田的四周旮旯里，翻找被泥土埋了的稻谷，轧了稻谷烧粥吃。

　　"天上的恶龙，地上的病痛。我俚两个从头到脚一身病，立不起身来跨不出步，眼看要饿死了，奈何？"

　　"换一个地方去活！"

　　"黄泉路上带好了九千七（冥币），过桥过路买路钱；碰到恶狗了，拿钱给门卫，叫伊不要放出来；过孟婆河，付了茶钱千万别停下，喝了孟河水啊认不出那一头的亲眷来。"

　　老头接口说："带好了二万四（冥币），天堂里嘞买田砌房子！"

　　这一次，老太往碗里放了两粒黄豆。升斗已经空了，老太翻过来，拍了拍。

　　碗里的黄豆累积了大半碗。

"数一数。"老太指了指老头。

黄豆尽管不细，老头粗糙而扭曲的手指还是玩不转。老太看了他一眼，接回碗来，倒在手心里，一五一十地拨拉起来，最后得出了精确的数字，也是他们希望的数字：七七四十九粒黄豆。在完成了对往者的后世安排和缅怀后，按风俗，此刻是出殡的时间了。

老太起身走到灶头边，望了望锅里的河豚鱼汤。看起来她有一些不放心。

"老头子啊，河豚万一毒不死人，叫我俩两个人奈何？"

老头想了想，"咪——咪"呼来了猫，用碗在锅里捞了一条河豚，放在地上。

老两口坐着，不说话了。怔怔地看着跟了他们十几年的猫，滋味得咂咂有声，不时还从喉咙深处发出威胁的吼叫，吓阻他们前来抢食。

猫在浓浓的满足中像是睡着了，老头把它拉过来，捧在怀里。猫的嘴角滴着白色的流涎，尽管身体和往常一样柔软，但已经比他们早一步去那里了。

计划好的轮不到它，连河豚的肚肠也直接扔进了灶膛，就是担心猫咪误食了万一含毒的肠子。

两人的目光从猫咪的身上移开，没有交集，也不忍交集，各自看着各自的手指。平日里也没有好菜好饭伺候它，吃的不过是小鱼骨头咸菜皮，反而讨它的好处——衔回家来的田鼠成了他们难得的大餐——毕竟吃细粮长的，老鼠肉又嫩又香。

老头扶着灶头爬起身来，正要用碗盏勺汤，老太喝止说：

"猫咪也不留，留这张小矮凳做啥。"

老头一手扶着灶壁，用一只脚连推带拨地弄进了灶膛。暗红的灶膛里"哗卟"的几粒火星像是提醒了老头，他指了指屋角落里，一副泥担，以及斜靠着的一根扁担。那是老头唯一像样的农具。

"那里用不着挑担用不着纺纱，"老太下了指令，"拿到屋外放好了，还有纺车。别人用得着。"

老头又指了指头上的屋顶，是不是放一把火，也烧了？

"戆大胚啊老头子，过两天东南风生起了，塌下来的房子正好埋了我俚。"

对于老太周到细致的安排，老头连着点了几下头。他回转到屋里，又要动手捞鱼，老太又喝停：

"老头子啊戆大胚，到了那里没有吃的，肚皮饿了叫我俚奈何？"

两人走出破屋，在檐沟外的一小块地皮上挖了一个坑，坑底铺上稻草，捧着猫咪平放好了，又覆盖了稻草，平整了泥土，种下了这七七四十九粒黄豆。老头用一根树枝在泥地上戳一个小洞，老太往泥洞里按一粒黄豆进去。对于这世上的最后一次农活，两口子好像第一次播种那般细致。

月亮也适时，又近又明亮。

回屋后，老太把那只破升斗也传给老头，塞进了灶膛。

所有该留的和不该留的，老头老太都做了合情的安排。当灶膛里的灰烬闪烁着最后的暗示后，老两口心无旁骛，舀了一碗又一碗的河豚鱼汤。肥厚的河豚鱼皮在塌陷的牙床上溜来滑去，瘪嘴吮动的样子，如同毛毛虫不断地弓起又前伏，在顺着黄豆的枝叶慌忙逃生，那时的黄豆还只是毛豆，那时的毛豆最出味。有生以来，他们第一次尝到了"脂膏"的肥腻，它如同新婚的快乐一样，粘得双唇分不开了，眼皮也抬不起了。以至于老两口对人世几乎生出别枝，但看起来为时已晚。

"老太婆，嘴里觉着了麻了阿？"

"觉着了，麻得想嚼了泥沙，舌头也大了。老头子，伲呢？"

一对老夫妻用芦花笤帚互相掸尽了身上的草屑和灰尘，慢慢地和衣躺在铺展均匀的稻草上。老头满意地望着屋外的月亮，朝老太拍了一拍身边的草铺，老太用眼神回应说，我也不怕糇了，慢慢地往老头身边贴了上去……

四

第二天一早，远处望得见的邻居觉着了清明空气中的异常气息，他们听到了那一对孤老在哀叫。这是往常没有发生过的，这一对脾气很好的夫妻，还很"汉气"——这是土话——两个老实人不会轻易求人，即使再苦的日子，也是咬着牙关门说。有邻舍中好心的妇人急兜兜地赶去，高一脚低一脚地走在田埂上。这一对老头老太见是邻居来了，改哭为笑。之前的哭，是因为生也不是，活也不是；现在的笑，此后的世上添了一条新经验，煮得太久的河豚，毒不死人。

2020 年 1 月 15 日

目不转睛

　　身处十字路口，街况尽在我的眼底。

　　机动车道、非机动车道以及人行道之外，就是房子，它们的构成让我安心。当然，漂亮的街景离不开花啊树啊的帮衬。我喜欢花，它们既愉悦我的眼睛，还不碍我的正经事。我不喜欢树，特别是体型高大的，因为它们时常挡了我的视线，风大的时候尤为如此。

　　我的职责要求我关注各种各样的蠢蠢欲动。蠢蠢欲动的不外乎以下两种对象，汽车和人。定义蠢蠢欲动的范围很广，有越界了，开小差了，旁支斜出啦，止不住先动了，止太住又不动了，等等。除此之外，我还留意变化。近来，汽车的变化在于流量，它由小得可怜渐渐回复到眼下的状况，这让人欢欣鼓舞。人流也同样如此。眼下的人之于汽车，相同的变化是流量，不同之处在于人都戴上了口罩，而同样的戴口罩，除了出自同一个目的之外，女人仿佛还另有自己的心思。

　　几个月的观察，有一个异常的结论下来，口罩是女子最好的穿戴。几乎所有的女子，无论因为年龄，还是本身的什么瑕疵，只要是戴了口罩，一定比原来更漂亮了。

为了证实我的判断，有时我会把一个年轻的女子拉过来，有时我会把一位看起来年纪大一点的也拉过来，我还会把小女孩也拉到眼前。一番端详，我的判断毫无问题：无一例外，每一个女子的五官中，眼睛最美。其他的再精致也不过是眼睛的背景；或者，相对眼睛来说，其他的一定更不耐看。

这个发现，既让我心满意足，同时又新添遗憾。

我看到一间间的商铺复业了。我注意到，店主揭开封条时很严肃，很沉重，很激动，那些封条贴了有两个多月了，我有确切的记录，本街口贴封条的时间是 2020 年 2 月 7 日，上面写着：因疫情你店停止营业，何时开业，请到街道申请。只是现在已经五月初了，看起来，该回来的都回来了，该复业的都复业了，唯独有一家的玻璃门还被环形铁链锁着。

美甲店的小主通常是这个小商圈里最晚关门离店的，因为这个原因我关注了她，我体恤辛勤劳作的人；现在，我更想看到的是，假如这个女生也戴上了口罩，又该是何等的魅力。

我还记得，早在一月初的时候，女孩就歇业回老家了，看起来，女孩对于回老家是那样迫切，那样兴奋，以至春节的旺季红也顾不上了，老家有她的父母，有她的兄弟姐妹，或许，老家还有一段等她认可的恋爱或婚姻吧。

现在，我把这家门店拉到我的眼前来。

店面的装饰很单纯，用的颜色全是白的，白色的门框，白色的窗帘，白色的字贴在透明的玻璃上，反而显眼，那些全都是俏皮好玩的文字：

正常上班，九点钟。

睡了懒觉，十一点。

出门旅游，关门打烊。

正常下班，二十三点。

姑娘多了，二十四点。

店有美女，不打烊。

全是帅哥，不开门。

唯有青春和美丽，不可辜负。

可惜我今天才关注到如此美好的文字，不然，我早就应该请这个姑娘为我服务。我不能弯腰，这一点请你理解；我要你为我描一个漂亮的脚趾，算我对你的一个恳求！

那些贴在玻璃上的字粘得很好，一个也没有倾斜或者掉队，可文字后面的窗帘已经不像闺房的那样挂戴齐整了，应该是顶上脱了钩，导致中间的几帘垂落了下来。可能是那个女孩拿有限的创业金买了便宜货。还有一个应该，美甲店无论如何也没有想到，女主人会离开这么长的时间，也许小店还在着急，小主怎么到现在还没有回来呢？

说实话，我也替美甲店着急。铁链门锁生了锈色，门帘垂落泄了春色。它们是在用自己的方式提醒你赶快回来呢！

我感觉自己做不到目不转睛了，于是把视线转回到熙熙攘攘的十字路口。

我的视域有限，目力所及之中，还没有她的身影出现。

2021 年 3 月 3 日

认路的铁圈圈

　　一栋居民楼前的花圃里，几个小学生在玩小足球。约定的回家时间到了，那只足球却踩着点儿，滚到不知哪个地方去了。作为那只小足球的主人，安安去找它了，另外几个小朋友站在路灯的光圈边上，犹豫了一会儿，就地散了。

　　安安的爷爷老潘在家里等着孙子回家。眼看着饭盅、菜碗上的亮光点迷失了，汤盆上的白汽儿四散了，老潘去阳台上找孙子，路灯里的空地上不见了那帮小朋友的身影，也没听见周边有孩子追逐的尖叫声，老潘就知道他的孙子又一次迷路了。

　　老潘他还没敢让孙子在马路上迷过路，所谓的几次迷路，是老潘在居住小区里放了手的后果。安安很容易被小区里曲曲折折的小道拐走，还容易被小区里的居民楼房遮住眼睛。安安告诉爷爷，那些小道看起来都一样，那些楼房看起来没什么不一样。走丢的头几回，安安会哭着叫爷爷，没有听到爷爷的回声，安安就惊恐地尖叫，叫得老潘的心都要掉出来了。后来，安安听了爷爷的话，走丢了不要心慌，往最亮的地方去，爷爷也会去最亮的地方去找他。老潘告诉安安，那个最亮的地方就是小区的正大门。

安安去幼儿园，老潘就从来没有让他走一步路。安安去学校的路还是爷爷骑着电瓶车载着他走的。天气暖和的时候，安安坐在爷爷的背后，两只手抱着爷爷的腰勾住手指；天气冷了，安安坐在爷爷的背后，两只手伸进爷爷的厚衣服里面，老潘隔着衣服拍拍安安的小手，温良的电瓶车悄无声息地起步了。早上在楼栋的门口是这个样子，傍晚在校门口还是那个样子。

现在，安安已经二年级了，老潘想着，安安的迷路，那是因为他没有走路就乘着电瓶车去了。电瓶车那么快，小孩子要晕的。他要让安安学会记路，要让安安慢慢地走几回。

老潘对安安说，以后我们去学校，不骑电瓶车了，我们换一个方法。迎着孙子害怕走路的眼神，老潘的右手从身后拿出一个铁圈圈，左手拎出一根细铁条，拍打了两下；安安以后推着这个铁环去上学。安安的眼睛顿时放出了亮光，像铁环的碰撞。

为找到这样的铁环，老潘凭着记忆在地上天下兜了一个圈。现在的家户里已经见不到木制的脚盆浴盆了，即使老户人家有，也可能搬家时嫌重而把这些不中用的过时家当，托付给了拉废弃木板的三轮车；假如，女主人还在念想那个木制品时代的爱情，也就不可能把铁箍扒拉下来给你了。怪不得，附近的大小马路两边，不记得还有圆作店的门面存在了。老潘想呼啦圈或许凑得上，但塑料呼啦圈没有铁质的贴地，轻佻的样子在地上一惊一乍，为刚才的激动老潘都觉得好笑。老潘想到了"某宝"，也是因为出于要去旧货店淘宝而激发的。果然，"某宝"上居然有小孩子推着走的铁圈，品种还很多，老潘挑了一个实用的。老潘为网络是有记忆的而感叹了一整天。

老潘挑了一副本色的铁环。他也觉得那些漆成各种彩色的更漂亮，出于这个年代还玩这种玩意恐怕被人笑话这样的原因，老潘最终挑选了本色。网上的品种里还有大铁环上串几个小铁圈的，老潘想，当年的铁环就是一个大铁圈，推起来不也很顺手吗？大铁环上套几个小铁圈，这是啥目的呢？是为了增加分量，压住铁环不让它乱跳？好像不是。最后，老潘明白过来了，那是用来发出声音的。好听的声音一路走过，经过的人都转过头过来欣赏，这大概是设计者的初衷。老潘觉得，安安已经是小学生了，不应该是幼儿园招惹旁人喝彩的那个段落了，他应该学会闷头走路。思考的结果，老潘挑了不带小铁圈的那种。不过，还是有令老潘满意的地方，就是铁条把手的形状是左耳旁，捏在手心里有满把的感觉；还有就是推铁环的那个弯钩加了一横，这样就很容易把铁环拉住。越过人行道去捡铁环，这种危险的状况就不太会发生了。

安安还只是一个九周岁不到的小男孩，他不可能想到，爷爷为了这么一副铁环花了这么多的心思，他接过大人给的，自然是百分之一百接受的。老潘想到这一点，心里就有点愧疚。或许，挑一副彩色的，挑那副带小铁圈的，更适合小男孩吧。

昨天晚上，安安做完了功课，老潘把铁环这个"宝贝"亮了出来，从家门口开始到睡觉的房间，老潘让安安来来回回找了几回手感。之后，老潘摊开一张纸，上面画着上学的路线图。老潘说，安安啊，我划了粗线的是上学回家要走的路，你看看，它像一个什么字？

"Z，像这个字！"

"在 Z 字拐弯的点前面，是不是还有两条马路也可以拐弯，之后可以拐弯的马路更多了。要是爷爷把那些都可以拐弯的路口

也画一条线，是不是有很多个 Z 字了。"

"不是很多个 Z，而是无数个。"

老潘高兴极了，他撸了撸孙子那聪明的脑袋：

"折叠的 Z 看起来只有一个，拉开来啊，却有无数个。我的孙子比起我的儿子，不知聪明了多少！"

"因为我聪明，爷爷又提起我爸爸？爷爷，爸爸妈妈到底什么时候回家？"

"爸爸妈妈他们很忙，没有时间回来。他们待的那个地方很远很远，回来要花很长的时间。"

"他们在非洲吗？"

"比非洲还要来得远。"

"可以和我们视频的，为什么从来没有？"

"那个地方很荒凉，没有微信，特别容易迷路。"

有关儿子儿媳的话题，再接口就又没话可回了。老潘赶紧转了口：

"安安啊，眼下啊，我们不走其他的 Z 字路，只走爷爷涂了粗线的 Z 字路。知道为什么吗？"

安安用食指仔细地探了几回路，比起学校的功课，神情认真多了：

"我知道，前面的都是小马路，那条路大，人多，最好认。后面的路嘛，不是越走越远了？不过还好，兜得回来。"

"安安真聪明。为什么要穿那条大马路呢，除了安安说的人多，红绿灯间隔时间长，另外，那里有一个好认的标志，那里有一个碉堡。"

"什么叫碉堡，我怎么没有看到过？"

"碉堡是打仗用的，专门用来杀人。平时是爷爷骑车路过，一倏而过。安安明天就可以看到了。"

早上出门时，一切如同老潘预料的那样，拉都来不及拉安安了。安安一路推着铁环跑在前面，老潘只得时不时紧追几步，喊着，停——停，要么喊着，过马路——过马路，接着喊着，右转——右转，左转——左转。大约二十分钟时间，爷孙俩就到了学校的门口。这一路下来，老潘观察到，确实有很多人关注到这个推着铁圈上学的小男孩，但用的多半是眼神。安安推着本色的铁环上学，没有儿童般鲜艳的颜色，也没有鸽哨般好听的铃声，更像一个家庭条件差到没有家长——甚至连一个长辈也没有送校的苦孩子。看到这些，老潘觉得，这一次，自己勾对了一道选择题。

安安的书包之前是放在电瓶车的搁板上，老潘觉得重。今天则是老潘一路背着书包走过来的，老潘这才有了切身的体会，书包就是一块石头。

"安安，你的书包可真重。以后你自己背着上学，怎么办呢？"

安安看着老潘，也不知道该怎么办。

"爷爷有一个办法。书包里最显重的是两样东西，一个是水杯。你看，水杯里还得装满了水，有两斤吧。另一个是字典。拿掉这两样，安安就轻松一点。要么这样，爷爷再帮你买一个水杯、一本字典……"

孩子明白了总会迫不及待：

"爷爷我明白了，课桌里放一套，家里也放一套。爷爷我知道怎么取水，每条走廊的最里头都有饮水机的。"

　　"那这个放哪里？"老潘晃了晃手中的铁环。他望了望学校的门卫室。上学时刻，大门敞开了，门口的学生多得已经让家长认不出哪一个是自家的孩子了，四个保安头戴着钢盔，手拄着老潘叫不出名的冷兵器，神情专注。老潘走到一个保安的身边，商量说，以后这个能不能寄存在门卫间。保安斜着眼睛看老潘，他要老潘到门卫间看看，有没有任何家长寄存的东西。他说，不要说玩具了，就是给老师快递的早餐也只能放窗台上晾着。那个保安说得很得意，老潘也就啥都不说了。他拉着安安赶紧走开，担心保安的话被安安听见。保安说这样的话在显示他的重要，但这样的话未免太不像一个小学了。

　　"安安，以后爷爷每天还在这里等你。即使这样，安安自己走路过来，也是有了一个大进步。"老潘安慰孙子，安安还在掉头看着那保安，保安对安安挥了挥手，笑了一下，抱歉似的。

　　下午四点钟的学校，校门口、校门前的马路上站满了小汽车、电瓶车以及人头。安安所在的学校本来就是社区学校，大家其实住在同一个棋盘里，离学校无非隔了几条小马路，自然，也有可能要过一条小河——上海多的本来就是横七竖八的小河。老潘想，那些个接校的老头老太现在是如何个盼望的样子，其实还在早上，他们把一个个捣蛋鬼托付给学校，越快越好，那时候又是如何个嫌麻烦的样子。老潘想到自己原来也是这副模样，不仅有一些暗自发笑。早上送校的时分，大家扔下孩子掉头就走，所以再多的人也是在流来流去；现在接校了，孩子放学可不会提前，只会有各种各样的原因拖晚，导致大家都站着，踮了脚尖像看名角出场。老潘想到，接校时几乎每一个孩子的家长都来了，他们都是过来害自己的孩子的。

老潘终于看到了从人缝里挤出来的孙子。安安奔过来，背着书包，卸了重的书包让安安轻松多了。安安接过铁环，让老潘低下头，低声对着爷爷的耳朵说开心的事：爷爷爷爷你别说出去，那个保安叔叔刚才说，以后把铁环放到他的休息室里，铁环放休息室里，就谁也管不着了。休息室就在门卫间的里面。安安指着门卫间，让老潘往里再看，里面那扇门，门里面就是休息室。

老潘回头用眼光找到了那个保安，安安的那个叔叔一副在公执的样子，看都不看老潘一眼。

也许是在学校灌了大半天的知识，安安看起来有点晕，回家的路走得没有来之前快了。到了路口，安安总是吃不准，是该往前走呢，还是该拐弯过马路。老潘想，那些孩子和安安一样，出门动辄不是电瓶车就是小汽车，他们习惯了乘车。就是天上飞的鸽子，要是鸽子落地上了，迷路也是一定的。

安安东瞧瞧西看看，老潘和安安东拉西扯起来：

"安安，你说说看，假如有人问你这铁环哪里买的，怎么说?"

"就说是网上买的——不对，我就说，你们要买铁环，就得找我爷爷，只有我爷爷才有。"

"爷爷不要你说好话。你就说，是爸爸从一个容易迷路的地方寄过来的。"

看着安安不太明白的样子，老潘说："这句话写进作文能得优——安安你就这么说，记住喽。还有啊，要是别人问你借，要和你一块玩铁环，安安怎么办?"

"我愿意的。不过，爷爷你知道吗，要是玩的人多了，肯定会被老师禁止了。玩的人多了，那么多的铁环，保安叔叔哪里还

敢帮我们保存啊。"

小小的安安，要是说给他听为什么挑本色的颜色，挑不带小铁圈的，他还听不懂呢。可这么说来，安安却听得懂呢。

"安安不用担心，要是学校不允许玩铁环了，爷爷就给你玩升级版的。"

"升级版？什么升级版？"

"那时安安又长大了一点。等你能控制自己的身体了，爷爷给你买滑板。等滑板被老师禁止了，爷爷给你买平衡车。等安安长得再大一点了，爷爷就帮你买自行车、小轿车。一路买过去！"

安安高兴得走路都歪了。

"这一条马路不能拐弯，要到前面的那一条才拐弯，那边的路口有一个碉堡。"

安安明确了方向，铁环推得又直又快，把老潘也甩了。老潘这才想起来，来学校的路上，怎么就忘记了碉堡这件事？

安安已经站在前面等老潘了。等老潘走近了，他指着路边的一个土堆，问老潘，这就是碉堡吗？

是的，这个土堆下面就是一个碉堡。水泥铸成的碉堡，之前很显眼的，现在倾斜了，陷落了，落寞了，它的背上长满了杂草，像是漏培了一块绿地。老潘还记得碉堡的枪眼，那个枪眼七八厘米高，二十来厘米宽，搁在水泥地上正对着十字路口。老潘还记得，那时他上学，推着铁环路过这里时，碉堡的水泥顶像夏日里的一块大凉石，躺上面散暑热。他还往枪眼里扔小石子，都听不到石子落地的声音。谁也不敢往洞里伸手进去，说是里面有蛇会咬你的手指头。他常常想，找到入口进去看一下，这么一个安静的地方，用来看小说该多过瘾。老潘读书的那时，读书是一种罪过，同学们都说要去找入口，又都埋怨入口在一个隐秘的地方，谁也找不到。

老潘弯下腰，想把那个枪眼指给安安看，要安安也把手伸进去，让安安知道碉堡里面没有蛇会咬手指，凉凉的不是蛇，而是地气。可老潘的腰已经弯不到底，安安倒是发现了：

"爷爷，枪眼给封住了，它被蒙住了眼睛！"

老潘拉起安安的耳朵说："记住了，走到这个瞎了眼的碉堡，安安就记着要拐弯过马路啦！"

回家的路通常更漫长，那是需要一条条记住的。老潘把每一条马路的名字告诉安安，顺带还给安安指认哪一些是梧桐树，哪一些是香樟树，还有花带里的灌木，哪些是冬青，哪些是小株杨。时分傍晚了，鸟儿也多起来了，老潘指着它们告诉安安，哪些是小孩子一样的麻雀，哪些是爷爷一样的白头翁，哪些是喜欢发号施令的布谷鸟，小学老师一样的。

来到了小区门口，老潘停住了脚步，对安安说，进了小区，爷爷就不送你了。你自己有钥匙。爷爷去买烟，好不好？

安安说，小区的路不像外面的大，不好认。前几天我还迷路呢！

老潘告诉安安说，你顺着这条路往前走，过了十幢房子后，往左拐；再走五幢房子往右拐，前面的第二幢大楼里就有我们的家。安安记住了，我们家的那幢楼，只有我们安安的家有阳台，其他家的阳台都给封住了，只有我们的家有阳台，阳台上有花，有草，还有小树。

"今天啊，爷爷还挂了一串风铃，那风铃的声音，我觉得很像你妈妈的笑声。"

安安回头朝老潘鞠了一个躬，高声喊着：爷爷谢谢你！安安背着书包，推着铁环离开了老潘。望着孙子拐来拐去的背影，老潘的眼泪顺着脸颊弯弯曲曲地流着，他相信，会认路的孩子，即使迷了路，也会找回来的。

2022 年 2 月 4 日

防空洞

一

小时候的事都是小事，长大了才知道，其实那些小事每一桩都挺大。

一九七一年，从我读小学一年级的学校的北边，时常有怪异的声音传进教室里来，弄得老师们神色紧张，同学们却兴奋不已，课堂已经无法保持安宁。

学校的北边是一个果园，果园的北边是滩涂，滩涂的北边是长江北支。这是一个大果园，里面种着梨树、苹果树以及葡萄藤，密密麻麻，浩浩荡荡。果园里的每一滴空气都被甜蜜的水果味包裹着，又被一群群名叫蚋蚋的小飞虫追逐着。那一年，果园出了一个新品种，叫作苹果梨，说是嫁接在梨树上的苹果枝结的，削去布满雀斑的青色果皮，苹果的香味就会扑鼻而来，口味却是实实在在的生梨。这种稀罕的水果我有幸品尝过。我们那儿不出苹果，当果园里的苹果香味飘进果园小学，好奇而贪嘴的我没有理由不顺一个尝尝，但也就一次，仅限一个。节制不是因为我的胆子还不够大，而是这种水果太受人欢迎了，等我再去时，

果树上已经只剩下叶子，枝条上零星挂着小纸袋。更奇怪的是，如此受人热捧的苹果第二年就没再见了。小纸袋该有我糊的。梨子、桃子刚成形时，比小拇指头还小，果园小学的学生就开始糊这种小纸袋，用的是旧报纸，杂志的内页或者旧书，用化学糨糊粘，化学糨糊有一种淡淡的臭味，还可以忍受，因为我也尝过。果园的工人拿了纸袋，踩在简易的人字木梯的横档上，一个个地替小果子套上，系上细线。纸袋里的水果受了保护，容易成一级品。我至少糊过几百只纸袋，没有得过哪怕一分钱的报酬，我摘一只苹果梨尝尝味道，不算过分。伴随这种罕世水果降临的，是一种鸟的打铃声，这样的鸟叫声，每每传进校园，果园小学的学生和老师都会停下脚步，神情惊悚到下一秒就会发出尖叫：那声音像是自行车的铃声，不是大白天提醒式的一两下丁零，而是夜色明朗中的六下丁零，甚至有八下，一连串。鸟叫声带有意味深长的警告，警告有一个枝条，上面长有七八朵白色的鲜花，它们将被一只有力的手一撸到底，花瓣随之掉落一地。

课余时间，我大着胆，一个人走到果园与学校的围墙，透过红砖的方形空格，寻找鸟声的发源，果木丛中只有麻雀在啁啾，白头翁在饶舌。

随之，打铃的鸟声带来了传言，说是在果园深处的一条沟脚上，有一长串大脚蹼印，掩埋的一套水鬼服也被民兵发现了，现在正摊在原处，被一群神秘的人员围住，研究的初步结论是，水鬼来自东南方向，这和舆情有着显然的矛盾，我们的敌人来自北方，难道台湾的国民党也趁机作乱？形势陡然变得复杂起来。

于是，国民党特务穿着潜水服，大脚蹼踩出的啪啪声，由远而近走进了果园小学的教室。

这一天，教室的外墙上新刷了"深挖洞，广积粮"的标语，新鲜的油漆散发着汽油一般的味道。

红砖墙，天蓝色的门窗框。不愧是美术老师，他提了一桶黑色油漆，试着在红墙上试了一笔，后退几步，摸着坚硬的黑色胡茬，只犹豫了一会儿，就跑回去换来了一桶白色的。那一天放学很早。学校草草地上完主课就让孩子回家，还布置了回家帮父母挖防空洞的"作业"。一听见回家挖防空洞，教室里哄然炸开，大家迫不及待，夺门而去。

我的家在南边，离学校三里远的一个连队里。一路往南，感觉危险也越离越远了，这才放慢脚步，唱起来儿歌：

麦苗青青日日高，桃红柳绿春天到。
妈妈叫我去割羊草，要给小羊当饲料。
回来早，满篮草，妈妈高兴小羊笑。
羊草少，妈要骂，小羊也要咩咩叫。

二

沿着机耕路一直向南走，尽头是一条河，河的南岸是横亘东西绵延百里的长江堤岸，河的北岸就是我的连队所在地。堤岸的阳坡下，散落着人民公社的小块耕地和社员住宅，阴坡下的国有农场，散落各处的队部像晚间的篝火一样明亮而热闹，周边连片的耕地一望无际。到了队部，沿着沟沿往东三百米，就是我的家了。

队部很雄伟，那是因为有了一座大礼堂。听冠东伯伯讲，那

个礼堂原本是一个天主教堂，从南边搬迁过来的。据说，拆房的时候，在牧师坛下挖出了两具人类的骸骨。这个传说没有结果，骸骨是谁，怎么会埋在牧师的脚下，是不是牧师干的，牧师是外国人还是中国人，冠东伯伯没有说。如此骇人的听闻，仅仅以罪恶资本主义的强烈暗示而草草收场，只是在再建时，把教堂尖尖的高顶像外国人的高鼻子那样削去，改成了平缓的人字顶。

大礼堂方方正正的门面，像极了冠东伯伯的正脸。

这会儿，冠东伯伯正站在我家宅前的苦楝树下，和我爸商量挖防空洞的事儿呢。

我爸决定，我家的防空洞，就选苦楝树下。我爸还决定，在某个隐蔽的角落，挖第二个防空洞。

我的爸爸不愧是挖泥行家，他用了不到两个小时，就完成了一号防空洞，用在二号防空洞上的时间却神秘莫测。其实，一号防空洞只是一个一米见方的土坑，刚刚容得下我家三个人半蹲的体积，它简直是专门用来投降的。我爸挖这个防空洞，态度是那么敷衍，工作是那么马虎，他指着盖在洞口的稻草，嘲笑说，儿子，这个防空洞是防苏联的原子弹。他拉着我，穿过后门，走到水桥边，用手扒开落叶，掀开又一个竹帘，指着一个洞穴，像老师一样对我说：

"余存存，你听着，这个防空洞才是真正的防空洞！"

我爸见我不理解的样子：

"这个防空洞是防台风的。不是这个台风，"我爸指了指天上，"是那个台风。"我爸指了指队部的方向。

我家的一号防空洞，和连队职工挖的一百多个土坑，无一例外地验收通过啦！但这些土坑，从来就是备用，没有被使用，在雨水的冲刷下，很快就坍塌了。

至于我家的二号防空洞，在不久之后就被派上了用场，直到那时，我才真正弄明白二号防空洞用来防台风的真正含义。我想起，爸爸对他的二号作品，是一种真正的满意，一种落实到口袋的满意。正如他说的那样，这个才能防得住修正主义的原子弹呢。

三

我家是孤悬队部之外的一个"离岛"，这个小岛是我爸用手术刀一样的铁锹成就的。

我爸的铁锹陪了我爸一生，我爸在木柄上用火钳烙上了他的名字——余凤岐，看起来是为了不让它迷失，其实还有其他的属性，它让我想起徽章、勋带或者大红花。它的形状和其他铁锹没啥两样，只是把柄更光滑，锹口更锋利。当锋利的半月形锹口插入泥土，犹如西餐刀探入一块蛋糕。每一锹的出土就是一根大薯条。这样的大薯条，一米见长，十厘米见方，十锹口下去，出来的就是一立方米的新生，留下的是一立方米的崭新空间。我爸的铁锹不用擦拭，匀实的泥土会把弧形的锹背以及锹面擦得锃亮。这把铁锹的用途可不仅仅为了挖泥。我小时候的农场，它的土地也很年轻，滋生着各种原生。那时，细柳枝一般的水蛇，铁锹柄一般的火赤练，多得跟黑蚯蚓一样，我爸看到了，或者差不多要踩到了，就提起铁锹，瞄准了轻轻一戳，蛇身就分成两截或者更多，究竟能分成多少截，这取决于蛇的态度。至于人与人之间的打斗，我爸碰上了，就会这样处理：他举起的铁锹，直指的不是

脖子，而是裤裆。半月形的锹口剜下这个部位的器官，看起来是最合适不过的，于是大家会意一笑，事情也就过去了。每当这样的场面出现在我的眼前，我爸会掉头看看我，神情表现出抱歉的意思。

看起来，冠东伯伯非常欣赏我爸的手艺。他指着我家的小岛以及回字形的宅沟对我说，你的家，就是你爸一锹一锹，成就的。

冠东伯伯和我爸一样，都曾是堤岸南坡下的小伙子，当他们的父亲指着北坡下鲜有潮汐光顾的滩涂说，潮水越退越远了，你们把那块土地围起来，这块土地就是你的了。

那时是一九五五年，我的父亲和冠东伯伯他们就这样干了起来，三年后，我爸和冠东伯伯各自拥有了一个圩以及圩中的两间草房子。

冠东伯伯之所以讲给我听这些故事，是因为他看到我不爱听我爸的话，对我爸所说的一切抱着满不在乎的态度。我想，这不能怪那时的我，男孩子对待父亲，都是这个样。

一九五八年，来自上海的农垦大军进驻这块土地时，我爸和冠东伯伯一样的是，都用各自的圩田换取了农场职工的身份，不一样的是，冠东伯伯政治上要求上进，自己的宅地归为农田，把家搬到了队部，住进了公房，为此，当了连长。而我的父亲却守着"小岛"，心甘情愿做了一个小职工。

我爸对此，很不以为然。他对我说，冠东的宅地没有宅沟，哪有我们家的好？

我妈却不这样认为。

我的外公是地主。得这个名号的根本原因是土地。外公的土地只有十亩，这是一个仅仅能养活我妈她一家的数目。外公的连襟有二十亩地，够得上地主的份。在甄别身份的时候，外公的连襟双手一摊，说，他只有十亩，另外的十亩是外公的，而且拿出了地契，地契上的名字果然是外公。出在节骨眼上的差错，源于外公的疏忽，之前，外公已经把这十亩良田卖给了这位连襟，为的是用换来的钱置办一个学堂，因为是一衣两开的连襟，没有当堂画押。我的估计则是，我的外公怎么会意料到世间的变化是如此的颠倒？

吃了这样的苦头，外公的女儿，我妈她坚决认为，自己的土地越少越好，最好连私房也不要。

而作为儿子，我拿出了自己的态度。我向往队部，向往队部的公房，那里大人多，孩子也多。那里有电灯，有自来水，有食堂里的自来饭；那里没有鸡，没有鸭，没有羊，道路平整清洁，路面没有家畜的粪便，没有水稻田里的落水鬼喊我追我。

这些仅仅是我的心声，那时，我还没有这样的本领说出如此流畅而有力的语言。换了现在，我甚至可以说出，集体是每个人的向往之地，集体是人类的火炬，照亮人类的终极未来。

即使我在当时说出如此美丽的话语，我想，我爸也可能会着急，可能会出汗，甚至可能会结巴，因为他无言可对。不过最终，他还会像当年责怪我妈那样，说，你，懂个屁！

四

我们家人口简单，吃饭只需要三双筷子、三个饭碗，以及没有常数的菜碗。我爸从不上灶台，吃饭的时候，他用的永远是那

套碗筷，一副筷子，一只饭碗，另一只是菜碗。桌上有几样菜，这只菜碗里就有几样，每一种菜就这么一两筷的量。吃饭时，他很少说话，吃完了，就洗了自己的餐具，然后单独放在橱柜里的一个角落。

每一次用餐，都弄得好像我们母子施舍给他似的。

我爸只关心儿子的身体，他常常东摸摸西捏捏，看我的骨头是不是很硬，肌肉有没有长出来，表情很歉疚，似乎在担心什么。

我家的草房子有东西两个房间，东边的那间用来煮饭烧菜，一张饭桌四条长板凳用来吃饭，也用来接待亲戚朋友。西边的房子用来睡觉，里面有一张描金绘凤的大床以及一个梳妆台，台前有两个圆凳，还有一个又长又宽的春凳放在南墙的窗口下。它们显然是成套的，是妈妈当年的嫁妆。春凳用来乘凉时就会搬到院子里，它很贵气，需要两个人嘿哟嘿哟抬出去。我爸的农具都堆在外间的东南角落里，门要是开着，门背后就有它们。我爸出工时，我还没出门上学，所以，门总得掩一下。我爸的铁锹不在这个角落，它在西房的东南角，春凳旁边，倒竖着，木柄着地，锹口朝上，锹身上裹着一条土布。

天冷的时候，我们一家三口都睡在大床上，我和我妈的头朝东，他的头朝西。天气允许了，我爸就睡在春凳上。随着我的身体日息夜长，大床越来越小。后来，当我醒来时，常常发现爸妈没有睡在西房里，房间里根本就没有他们的气息——那是在有了二号防空洞以后的事了。

外人要进我家的宅地，其实并不容易。回形的宅沟，唯一和外界连接的不是坝，也不是桥，而是一条小木船。小木船接了东西两岸，为了方便走路，船舱上搁了一条木板，过了河，拆了桥，意味着一家三口都回家了。

为此，我爸挺得意，我也觉得这很有趣，可我妈却点着我爸的脑袋，说，总有一天要吃苦头的。

后来，我知道了，从前的外公，他的宅地也挺私家，不过，进出的通道不是小木船，而是一座吊桥。

富有上进心的冠东伯伯对小木船却表现出意外的宽容，他跟我说，那时，你爸咯血，眼看止不住了，冠东伯伯跑到南坡下，借了这条木船回来，然后拉着木船，沿着弯弯曲曲的河沿，走了五十里的路。船上有你爸，还有你妈。你爸咯出的血，连木盆也盛不下了，就往河水里舀。你爸眼看着要死了，还说，冠东啊，别慌，毛病来了总会去的。还开玩笑，水路去县城，比陆路舒服多了。

冠东伯伯是我爸的救命恩人，也是我的救命恩人，因为他说，余存存啊余存存，你知道你爸得的是什么病吗？肺结核啊！你爸那次要是没有活过来，哪里会有你这个小家伙！

这条救命的小木船被我爸买了下来。现在，它的船尾被一根系在苦楝树的麻绳拉住，船头被另一根麻绳的一个死结套在对岸的一根木桩上，一块宽厚的木板架在船舱上。

五

那一抽抽车铃般的鸟叫声，之前我从来没有听到过，之后也消失了。作为征兆，这种神秘我能理解。同样，作为大人口中用来吓唬小孩的江狗，这种神秘我也能理解。

毕竟，我的家乡是水乡，那里由河道沟通着阡陌，沟汊供养着水稻。

每当我要出去野，妈妈总是发出这样的警告，江狗来了。

江狗藏在浩渺的水稻田里，当它发出吠叫时，就是出来拖小孩子落水啦！

我想，自古以来，溺亡肯定是家乡孩子夭折的祸首。

江狗我没有见到过，但它的吠叫声我时常听见。水稻茂盛，那是在夏季。午睡时分，江狗咣——咣——地叫着，我想，没有小孩会在这个危险时刻出去冒险，而江狗之所以这么不停地叫，那是因为它始终找不到猎物而在发疯吧。

我记忆中的"台风"，它的模样是从我家的那头公羊开始显露的。

那头公羊，简直不能称作羊，而是大到了一头小牛。我不知道它的年龄有多大，反正它一直生活在一个小房子里。那间房子就搭在我家的东墙上，同它的主人居室一样，也是草房子，只是没有门，敞开的，由一根细麻绳牵着，所以没处可去的它，就围着拴它的柱子不停地打圈圈，累了就停下脚步，翻着山羊的灰色眼白，咩咩地叫几声。小羊舍的头上，悬着一只鸽笼，在房顶的人字处。夜深人静，鸽子的咕咕声会吵醒已经卧地睡觉的公羊，咩咩几声后，我家的周边归于安宁。

我的公羊平时只能待在羊舍里，我爸下班的时候，会带给它一篮子的青草。它最喜欢吃蒲公英，因为蒲公英的叶子很厚，还含有牛奶一样的汁液，公羊嚼起来，嘴角流着白色的汁液，很有营养的样子。到了星期天，它就可以出去走走了，因为它的小主人喜欢骑乘它。

　　我骑着它，挥舞着手里的羊绳，指挥它去我家的东南边的一块荒地，那里的蒲公英最肥最大，像一头头摊开的乌贼。

　　那是一个阳光晃眼的下午，我骑着公羊，悠悠地朝那里晃去。

　　那时我还小，不会从一桩事情推测到必然还会发生另外一桩事情。前几天，连队的一个老太太死了，这个老太太一直生活在屋里，我不认识她，她的葬礼也没有发出大的声音，那时不时兴铜管乐队演奏流行音乐，也没有法事，只有低回的哀乐，因为太冷清，我不敢涉足。我没有想到，这个老太太之前刚刚埋进那里的一个土包里。

　　我俩行进在草丛中，公羊甩着头，两边有着吃不完的羊草。

　　是我先发现的异常。眼前不远处的草丛间，有一个白色的晃动的影子，还传来嘎——嘎——的叫声。像每一个发现珍稀动物的孩子一样，我兴奋得从羊背上跳了下来，往那里前进。我以为那是我从未见识过的一只大鸟，为了不惊动它，我学着解放军战士的样子，匍匐着过去。当我接近了目标，拨开眼前的杂草，我看到了什么啊？

　　那惊魂的时刻，我只记得是公羊驮着它的小主人逃回的家。回忆起来，我看见的好像是白色的花圈，好像是一个人身着白衣的背影，好像是一只我从未见过的大鸟。

　　我讲这段自己不清楚看到了什么的亲身经历，并不是用鬼来吓唬大家，而是因为我的那头公羊，在我第二天下午放学回家时，它失踪了。

　　当年的一股名叫割小农经济尾巴的"台风"，在我家，是从我的那头公羊开始的。其实，在农场，猪啊牛啊羊那些牲口早就

不能私养了。我的那头公羊因为生活在"离岛"，所以能活到现在，它是整个连队的小家户唯一的一头山羊了。或许，它的体型庞大到过于显眼了，以至于队部拿它作为开祭的第一刀。

这一切，我并不知情。大人是不会将这么大的道理说给一个小孩子听的，因为听了也是似懂非懂。我只是缠着我爸，问它去哪儿了。我爸回答我，牵到市场上卖了。然而，到了晚上，我爸神秘地领我进了一个地方，我家的二号防空洞。

六

我家的那两间南向的草房子，它的背后是竹林，竹林的背后是宅沟。打开我家的后门，有一条小径穿过竹林，它的尽头是一座水桥。水桥架在浅浅的沟沿，桥面的木板刚刚高过水面，像是浮着。简易的水桥看上去吃不了多少分量，刚够我爸加一木桶水。

我家的用水，一切都在这条宅沟里，淘米洗菜，担起的水倒进灶头右手边的一个大水缸里，捣碎的明矾末随着水的漩涡在缸底旋转，水满了，一个细木棍拨着水顺时针转十来下，不见了明矾才收手。但这样的水还是不能生喝，一定要等煮开了以后。于是，天冷的时候，开水灌在两个竹壳的热水瓶里，天热的时候，开水灌在桌上的一个大茶缸里。我爸爱喝水，回到家，就咕咚咕咚一大碗。要是我妈忘了这事，我爸会骂娘的。这我也见过几回。

我爸脾气大，我想是因为他用铁锹挖了一条深过我头顶的宅沟，又用那些泥土垒了一个高高的宅基。所以，沿着小径走到水桥是一条坡道，二号防空洞就从左手边的斜坡开始。我爸借着手电筒的光柱，掀开盖在坑道口的竹帘，猫着腰沿着坑道往里走。坑道才十来步长，很陡，落底就是二号防空洞了。

它方方正正的，像一个小房间，张挂了一顶小蚊帐，地上铺了一层干稻草，上面铺了一块芦花纹样的旧土布，算是床铺了。

我的那头公羊，就在床铺前的一块空地上安静地嚼着嘴呢！

记得那天是周六，我爸同意我的恳求，这一晚上可以睡在这里。

我等着我爸走了，就赶紧骑上羊背，双手握住两只弯弯的羊角。公羊不像平日里那么听话，它扭动着身躯，一身的不情愿。我想，这里不比外面，有阳光，有微风，有抖擞的空间，两边有嚼不完的青草，不要说它，即使作为骑手，我也会不开心的。

关了手电筒，我躺在黑暗里。余光的金星在防空洞里闪烁。我第一次感受到自己紧迫的呼吸，第一次听到了自己的心跳，地下的世界是多么安静。迷迷糊糊中，我感到身下还有一个洞穴，里面有大鱼在甩动。

第二天，我把感觉水里有大鱼告诉我爸，我爸神秘地看了我一眼，似乎除了二号防空洞，还有什么值得在儿子面前炫耀的宝贝。

他用镰刀随手割了一把青草，然后用力扔到水面上。不一会儿，水面突然起了扑哧，一条大鱼拖着青草沉入水底。爸爸说，我家的宅沟里有一条大鱼，那是一条草鱼，估计有我这么长，它平时躲在一个洞里，很深，就在防空洞的底下。

七

再懂事的公羊，被藏在一个不见天日的防空洞里，也会有发脾气的时刻，它用它与生俱来的犄角顶盖在它头上的竹帘，竹帘上的那层厚厚的竹叶就会耸动几下，看起来下面匍匐着一条蛇或者一只刺猬。但我的山羊毕竟是懂事的，听得懂我和我爸的好言相劝，不会发出母羊般危险的蛮叫。

我喜欢那头公羊，是因为它是我的坐骑。我爸保护它，是因为它是一头体型难得的大公羊，我爸期待着它有一天能繁殖出优异的后代。我爸还喜欢鸽子，比我爸的浪漫更实际的妈妈，她喜欢母鸡。

有一回我妈病危，前来看望我妈的人陆陆续续，挤进病房的人都是妇女，她们都是我妈的队友，其中的一个把我拉到一边，很认真地说，存存，你知道吗，你是整个连队所有的小囡里鸡蛋吃得最多的。这个阿姨我认识，但叫不出名字。阿姨说这话，好像已经憋了几十年，甚至一辈子，今天总算有机会把当年的羡慕，当着儿子的面，表达给我妈听；也可以这么说，是当着我妈的面，说给儿子听。我掉头看了看奄奄一息的妈妈，泪花在我的面前闪烁，这泪水是为了妈妈的病危，还是为了感激，我说不清楚。

我妈不喜欢那头公羊，说它是一头老骚羊，浑身散发着臭味；我不喜欢母鸡，因为它们随地拉屎，好天气下的鸡屎，还可以忍受，因为很快就干了；下雨天的鸡屎，有点烂溏，不小心踩到，脚底心发痒，直至头皮发麻。然而，当我听到那位阿姨所说的，我是整个连队中的小孩，鸡蛋吃得最多的，我就想起来了，我应该是个营养男孩，是个幸福男孩。我记得，经常当我出门上学时，我妈拉住我，给我喝鸡蛋——在蛋壳上敲出一个小洞，让我吸，我就仰头一口，一整个鸡蛋就咕咚一下，顺着我的喉咙滑了下去，凉丝丝的，有点腻，我的表情是忍着的，妈妈对结果很满意，说，吃生鸡蛋的力气大。这样的吃鸡蛋，在我家，只算是简单而朴素的，还有豪华的，每当我瘦了，脸色苍白了，或者生病了，我妈就会在灶头上做鸡蛋，她用四五个鸡蛋和白糖搅匀了后，起了一个油锅，煎一份糖炒鸡蛋。糖炒鸡蛋油乎乎的，很甜，空口吃了，可以饱一天。糖炒鸡蛋，这样的做法，出了我的家门，我还没有见识过。

当队部处理完了我家的公羊，接下来，目标就是鸡鸭等家禽了。

不许养鸡鸭，连队的这个要求已经提了很多次，时间也很长了，但效果看起来并不好。隔一阵，就会有母鸡探着脑袋出现在队部。

我妈说，那一次的禁养出乎了所有的防备套路。队部派出几个知青，佯装成播撒种子或者撒农肥，腰间系了一个围兜，到每家每户的前院后庭，将浸了敌敌畏的稻谷撒到任何鸡鸭觅食的习惯地，遛弯的欢喜地。他们趁着我爸我妈上班不在家，踏着木板过了河，用了同样的方式。

这样的方式还有一个妙处，谁家的鸡鸭中了毒，瘫在地上，耷拉着脑袋，眼睑差不多完全合上了又猛然睁开，对离开人世是多么不甘心，家长眼看着，不能发声，谁让你违反农场一直以来明文规定的禁养规矩？

　　我妈没有等死透了后再处理。我妈知道，敌敌畏的厉害，明白一切都无可挽回，于是她拿来剪刀，先放了血，不然，毒素进了肉里，连鸡肉都浪费了。我妈烧了开水，烫鸡褪毛，开膛破肚，把可能浸毒的所有器官拿出来，放到一边，集齐完了，拿到一号防空洞，埋了，还踩实几脚。

　　幸运的是，我妈的宝贝没有全军覆没。有一只抱窝的母鸡，待在鸡窝里耍赖，不愿出来觅食，就此逃过了生死劫难——其实它的屁股底下没有鸡蛋可孵，它只是不想生蛋而已。我妈赶紧把它抱进了防空洞，这一下，我的公羊总算有了一个喜欢唠叨的伴儿了。

　　处理好了的鸡肉，我妈先尝了一块，又让我爸吃了一块，在确认没有农药味儿后，鼓励我也吃。我舔了一下鸡皮，闻了又闻，始终有一股怪味。爸爸妈妈没有强迫我吃，他们吃吃停停，停停吃吃，算是对我家母鸡的归宿有了一个负责任的交代。不过，我始终怀疑，我妈得的那个奇怪的神经性疾病，和那顿毒鸡宴有关系。

　　我爸在鸽笼里拎出了死鸽子。鸽子本不在清理的名单中，可子弹是不长眼睛的，敌敌畏稻谷既能毒杀鸡鸭，同为飞禽的鸽子，被误杀也很正常，只是我们的想象力没有如此丰富罢了。我妈说，怎么也没有想到，对小家户养几只鸡鸭，农场的表现会这么小气，我爸反唇相讥，对人就大气了，就不小气了？你忘了你爸是怎么成了地主，怎么死的？

　　爸妈的对话，让我想起了一首儿歌：

　　哭哭笑笑，猫儿上吊。

竹园里鸡叫，宅沟里鱼跳。

接着我想，人们饿着肚子，对着土地发呆，他们究竟在想什么。

八

吹走了的沙泥，留下来的土地。

猪羊接着鸡鸭，鸡鸭接着豆苗菜秧，从大的到小的，从养的到种的，一样一样接着遭殃，风又来了风又过了。不久之后，我的公羊又能堂而皇之地站在棚子里蛮叫，抱怨肚子太饿了，抱窝的母鸡放弃了幻想，认真每天为我下一个蛋，连队的阿姨们从市场上挽回了满篮的雏鸡雏鸭，用切得很细碎的菜叶喂起来了。

二号防空洞庇护了一头公羊、一只芦花鸡。

这头公羊这只母鸡在世的意义是为了一个能有坐骑、能吃到新鲜鸡蛋的男孩，这个男孩的妈妈自然对挖掘防空洞，还提名防空洞为二号的男人产生了刮目相看的冲动，她主动把三双筷子，以及所有的饭碗菜碗放在同一锅水里洗，洗完了还拿到日光下看看有没有区别，然后搁进菜厨。我爸还是担心，他不时地看看我，自然，他的儿子对此没有任何异议，而且还为一家人终于像一家人了而高兴。

我和我妈不再向往队部，不再羡慕那里通明的电灯光，以及热闹的人影。

我家没有通上电，我们习惯了美孚盏，美孚盏只有一个，它随着我家的作息，以及我的功课，从东房移到西房，又从西房点亮，移到东房。点燃的煤油有着极好闻的气味，闻起来让人感到昏暗而安宁。美孚盏有一个蛤蟆嘴一样的灯口，妈妈正反旋转着灯芯调节钮，蛤蟆的舌头有时吐了出来，有时含在嘴里，灯光随着妈妈的心愿，时亮时昧。熄灯的话，不用吹，把舌头转进蛤蟆的喉咙里就可以了。美孚盏有一个很漂亮的玻璃灯罩，若是感到手凉了，左右手围着灯罩烘一下，之后用左手的手心搓几下右手的手背，用右手的手心搓几下左手的手背。天热了，蚊子躲在蚊帐的角落里，等着我睡着，妈妈举着美孚盏找，发现了，就将玻璃灯口放在蚊子的身下晃一晃。每隔几天，妈妈就会把玻璃罩取下来，将蛤蟆嘴周边的一圈死蚊子，噗地一下，吹跑了。

尽管我家有煤油灯照着，可在队部有电灯的人看来，夜晚中的余家，总是黑乎乎的。

自从鸡羊事件后，我家的小船，只要家人到齐了，我爸就把着细麻绳，将船头拉回来，白天午睡了，也这样。

队部有什么要紧事了，比如，开大会了，开小会了，班组集中了，大风来了抢收粮食了，大雨来了抢收打谷场上的粮食进仓库啦，加班加点啦，反正有要紧事了，连队的高音喇叭说完了正事后，还要附带两句，余歧琦家注意了，余凤歧家注意了，听到广播赶紧来队部报到，听到广播后赶紧来队部报到。以前，我爸我妈回应得及时，嘴里喊着"听到了听到了"，一路往队部赶，现在呢，则叫不应了。

冠东伯伯和我爸说，书记对叫不应你，很生气很生气，你要注意喽！

终于，场部发了文件，说是农场的农田要条田化，一来有利于机械化操作，曲曲弯弯会带来死角，不利于"颗粒归仓"。

我家的宅地终于有问题了，现在麻烦来了。

我想，我家的二号防空洞还是太小，装不下我家的房子、我家的竹林、我家的宅沟。要是它足够大，能藏得下房子、竹林、宅沟，还有芦花鸡、大公羊，我爸不会这么做的。

还有，怪我那天上学去了，要不然，我爸会看在儿子的分上，不会这么做的。要是我在家，公羊就会躲在我的身后，不会让他们给抓住捆起来的。

离家很远的放学路上，东南风就送来一股肉香味。肉香不是猪肉的味道，比猪肉更香，香得有点熏人。

一路走到了队部，我才明确了，这香味来自我家。从小船跳下，上了土坡，院子的地上，有一摊血迹，一撮撮灰白色的羊毛还没有干透。门开着，一桌子的人，在喝酒吃羊肉。里面有冠东伯伯，有书记，其他的人我见过，都是连队的干部。我爸也在其中，脸膛红红的，嘴唇发着油光。我妈站在灶头边，看着他们。

看到我回家，冠东伯伯站起来，招呼我，存存，来吃羊肉。

香味瞬间沤成了臭味，我哇——地吐了起来。

我爸说："存存闻不惯羊骚味，不会吃羊肉，你们吃，你们吃。"

"那他怎么会哭?"

"嘿嘿，这只羊，他平时用来骑的。"

"存存啊存存，不好意思了，我们把你的骑羊吃了。这样吧，我现在就回去，拿好东西给你吃。"

说话的是书记。他立马回到队部，回来时捧了一罐饼干、一盒奶糖，都是上海出的，我吃过，难得吃。

看起来，书记还是很喜欢我的。

　　我妈的口味和我一样，闻不得羊膻味。客人在的时候，她没有躲起来，也没有捏着鼻子做灶头活，是出于礼貌的关系。这一桌珍贵的客人也很有礼貌，给足了我爸的面子，一直不停地说羊肉好吃。我听到的话，他们至少说过，羊草包（羊肚）好吃，羊肝太香了，羊头好吃，羊耳朵好脆，羊舌头好吃，羊眼睛好吃，羊腿肉特别好吃，羊脚圈特别合酒，大家再干一杯碰下碗。仿佛他们第一次吃羊肉似的。这顿全羊宴，从中午就开始了，一直到美孚盏点了起来。

　　客人走了，我爸嘟囔了一声"乐色"，我妈掩着鼻子，把沾了羊膻味的筷子、碗、调羹、斩肉的刀、砧板、锅铲，所有的一切，放在锅子里用碱水煮了三遍。即使这样，羊膻味依然显而易见。

　　"一头羊保一个宅，划算的。"

　　这话，我爸对我说了几遍。

　　爸的意思我懂，毕竟，我有点懂事了。

　　羊毛、羊骨头堆放在一只簸箕里。这只篾竹簸箕，不是用来盛"乐色"的。懂了一些英文单词，又在上海生活了很久后，我才知道"乐色"是英文"垃圾"的中国读音。放在这个簸箕里的垃圾要比真正的垃圾高级一点，比如，麻绳头，帮脚底或手心的水泡止血的棉布条，僵棉铃什么的，有的可以用来应急，有的可以换钱。镇上的废品收购部不仅收羊毛，还收羊骨头。我在簸箕里找出两只羊角，洗干净了，用一段红线连起来，挂在防空洞的顶上。我仔细端详这对羊角，为什么尖角向内弯曲，而不是向外。我琢磨了几十年，直到现在才明白，公山羊不再锐利，大概是由于被人类驯养已久了吧。

我记得有一首儿歌，这么唱的：

月亮弯弯弯上天，牛角弯弯弯两边。
镰刀弯弯好割稻，犁头弯弯好耕田。

九

连队的一百多个上海知青分别住在两排二层楼房里，男生住前排，女生住后排。农场的寝室没有窗帘，窗子的每一块玻璃都涂上了绿油漆。所以，女生要看男生了，能在走廊里，男生看女生，却要打开后窗，样子很"刮三"（露骨的意思）。

所有的知青，分为两种人，一种爱读书，另外的爱劳动。爱读书的知青也爱劳动，他们不会废话一句，动作麻利，想着收工后赶紧回寝室看书。爱劳动的知青其实不爱农活，他们无精打采，拖拖拉拉，看起来泡在农田里的时间最长，其实是在"磨洋工"。

我爸说我读书的样子，和"爱劳动"的那帮人一模一样。

爱读书的人中，有一个代表，他除了劳动，就是读书，除了读书，就是劳动。哪怕再晚睡的人，也会看到他一个人在山墙下借着灯光在背"牛津"；哪怕再早起的人，也会看到他在山墙下借着晨曦在背"牛津"。据我爸说，他一天背一张正反两页的单词，然后撕掉，一天撕一张。当一整本"牛津"只剩下封面封底时，"文革"后的第一场高考来了。之后，他回到上海读大学去了。

每一个知青都想回上海，而且越早越好。区别是回去的途径

不一样。像那位"牛津"男生那样，给连队的每一个成员留下了潇洒的背影，是我爸对我的期待。

我知道上海是一个好地方。嫌崇明的水太咸，嫌崇明的太阳晒黑人，即使在最酷热的日子下田干活，也要穿上长袖的衣服以及长裤，我就大概能猜出，上海的水有点甜，上海的阳光很温柔。我还能从他们大声的嘲笑以及阴声怪气的语调中猜出，上海是一个能让人心平气和的好地方。

我能在二十世纪八十年代初到上海读大学，毫无疑问得益于我爸当年的开示，也得益于我小时候的喜欢琢磨。

丽娜阿姨属于"爱劳动"知青中的一个，她三天二头来我家，几乎每一次都是一路哭着来的。

丽娜阿姨哪年哪月来连队的，我并不知道，但我第一次被她紧紧抱着，问我，弟弟几岁了，记得我当时的回答是七岁。

丽娜阿姨叫我爸爸余班长，叫我妈妈希萦姐姐，称呼我却是弟弟，出人意料，却很新鲜。丽娜阿姨的年龄相差我妈大概五六年，她们之间以姐妹相称挺合适。认真算一下，丽娜比我大了二十年吧。

七岁的时候，我已经离开妈妈的怀抱。妈妈的怀抱充满了奶香的味道，安宁的味道，也使我无所事事，昏昏欲睡。丽娜阿姨的拥抱不似妈妈那样的随随便便，松松垮垮，而是紧紧的、用心的，我感受到了她动脉的扩张以及心脏的跳动，似乎需要拥抱的不是我，而是她。

丽娜阿姨第一次拜访老职工的家，其实，老职工的家几乎就是坡南农家的翻版，一切对她一个上海姑娘来说是那么新鲜而陌生，她惊奇我家还有一条"护家河"，渡口有一条小船，院子里种满了各种开花的蔬菜，茅草屋顶上爬满了南瓜金瓜以及扁豆的藤蔓，凉棚下有一只白山羊在咀嚼，有一群蛋鸡在咯咯觅食，有一片竹林，沟里有一条大鱼拖着青草沉入水底。当我妈妈揭开锅盖，盛出招待她的第一碗米饭，她的惊讶终于爆发了出来：

"弟弟，你们家条件这么好啊，米饭还拌鸡蛋啊?!"

连我的爸爸也赶紧凑过来看这哪里来的米饭炖鸡蛋，以为妈妈为了招待客人，又出了什么新的花样。

其实，这仅仅在米饭里搂了玉米粉，金黄色的面相，味道很香。在我的家乡，这是一道普普通通的主食。

丽娜阿姨喜欢讲故事给我听，她总是抱着我。一开始抱得紧紧的，慢慢地放开了，说到紧要关头，重新拉紧。

丽娜阿姨从来没有讲过鬼的故事，似乎她的肚子里就没有鬼的存在，不过，她总是讲恐怖故事。

有一个铁道工人，工作是巡视铁轨，白天这样，晚上也要这样。铁轨经过一个很荒凉的地方，那里什么人也没有。有一天晚上，这个工人走到那里，看到一个女人的身影，就觉得很奇怪，深夜时分，一个女人在铁轨上走走停停，这是要干什么呢？女人穿着白色的连衣裙，身段很优美。工人不敢大声问她，喂，你这是要干什么？他怕这样吼，会吓了她。于是，他就慢慢地走近，感到非常紧张。那个女人也知道有人走过来了，没有逃跑，但也不说话，只是低着头，想着自己的心思。工人走到了她的身边，她也抬起了头。原来啊，女人是一个姑娘，很年轻，皮肤很白，眉毛弯弯的，睫毛长长的，眼睛大大的，眼光温柔得像是在笑。可是，这个姑娘戴着一个白颜色的口罩，工人看不到她的鼻子、嘴巴。他想啊，这么漂亮的眉毛眼睛，她的鼻子-嘴巴也一定非常

精致，非常漂亮。工人和她搭话，他的企图是说话的时候她总得把口罩拿下来，他是多么想看到这个姑娘的脸啊。姑娘也明白工人的意思，她没有说话，而是转身走了。她去的地方没有路，都是野草，她就这样消失了。

故事到这里结束了，我没有听到结局，我摇着丽娜的头，让她继续讲下去，她哄我说，这就是故事的结局。

丽娜阿姨还给我讲一个名叫"恐怖的脚步声"的故事。说的是，有一个长相英俊的地下工作者，在一间房子里等。他的上级说，在午夜12点的时候，会有一个情报员来你的房间。地下工作者把自己关在房间里，等12点到了的时候来的情报员。挂钟终于敲了12下，地下工作者站起来，耳朵贴着门，听有没有情报员走来的脚步声。脚步声来了，声音从很远的楼道走过来，地下工作者都感到了木地板在颤动。声音越来越响，走到门口了，却只停了几秒，又走远了。接着，脚步声从另一个楼道的门口慢慢走过来了，走到门口还是只停了几秒，又走远了。上级曾经关照过他，在情报员笃笃敲五下门之前，他绝对不能开门。就这样，脚步声不停地从这头走到那头，又从那头不停地走到这头，就是没有笃笃五下的敲门声。

这个故事同样以没有结果而草草结尾。

类似的故事很多，或许还有别的什么故事，或许是上面的两个故事，阿姨她重复了很多遍。于是，我的脑子里装了两类故事，一类是鬼的，一类是人的，但两者之间似乎是相通的，能相互走动。这是我大了后才体会到的。

丽娜阿姨来我家总是在晚饭时分，来时的天气一定很好，晚上有星星有月亮，连接我家和队部的小路泛着天堂的白色。

✝

丽娜阿姨放我下地后，从此不再给我讲故事了，那时，我大约要从小学进初中了。她来我家的日子越隔越长。我问妈妈，这是怎么了？妈妈说，阿姨在谈恋爱了。

我妈说阿姨谈恋爱，等于说阿姨在搞"腐化"。当年，恋爱不叫恋爱，而叫谈对象，腐化才叫恋爱。怪不得我妈的表情很担忧。

暑假了，我的手脚也放开了。不必担心弄脏鞋子，我可以光脚了；不必担心弄脏袖口衣领，我可以赤膊了。有意义的事情是等着每一天早晨太阳的升起，鱼儿的大家族，等着我去垂钓，下河摸，用网兜，把桶形的篓子嵌在泥坝中间，让喜欢逆水的鱼儿心甘情愿往里钻。如果嫌这些太慢，太不爽气，就索性在一段沟渠的两头垒泥坝，用脸盆把水舀出坝外，把一条条露出背脊的鱼儿逮出来，这种方式叫"干浜"，干浜后的泥泞里，有最常见的鲫鱼，有厚嘴唇的鲤鱼，有长着两根长胡须的鲶鱼，有银白的鳗鱼，花色斑斓的黄鳝，有顶着盖头的甲鱼和螃蟹，两者的区别是，前者会像坦克那样移动，后者却收紧了盖子，企图在泥浆里埋没。还会有全身涂满了泥浆的青蛙，因为负重太大而跳不起来，我就折一根细草，把它捆起来扔在一边。也会经常看到柳枝一样摆动的水蛇，水蛇我不怕，知道它咬了手也没事，不过，我怎么会让小小的水蛇咬着呢？我会瞄好了，捏住它细长的尾巴，提起来，用力扔到水稻田里。假如它不老实，回过头来咬我的手，我就会恶作剧，抖它几下，这下它就老实了，瘫在岸上动弹

不了，等着干死饿死，被太阳晒死。假如第二天不见了，那是被水鸟或者老鹰叼走了。

我可不仅仅是不知轻重的少年，看到形状奇特的小鱼，我就把它装进玻璃瓶里，带回家养起来，临睡了，还不忘记看它几眼。

"希荽姐——希荽姐——"

漆黑的外面有人喊我妈，好像是压低了嗓子，我听不仔细。我妈已经睡了。

"余班长——余班长——"

声音改口了。我爸也睡了。

"弟弟——弟弟——"

是丽娜阿姨的声音。我赶忙叫醒了爸爸妈妈，然后拔腿奔了过去。

丽娜阿姨蹲在对岸的沟沿上。我跳上小船，把起竹竿撑了几下，船头接上对岸。

这是我第一次在夜里操作摆渡。我家的宅沟很深，站在河中央，即使踮起脚尖，我的鼻子还没在水里。我紧张得心都要跳出胸口了。可阿姨显然比我更害怕，她先是蹲在坡脚上，又匍匐着爬上小船，催促我："快——快——"像是逃亡，身后还有追兵。

当我妈拉着丽娜的手进了屋，美孚盏灯下，我才看清，光脚穿的绿色军用跑鞋，衣摆下露出了裤腰带，两用衫凌乱不堪，阿姨像是一个偷渡而来的难民，哆哆嗦嗦，结结巴巴地向我妈解释。

我回到渡口，眺望队部，本来，队部的子夜由山墙上的两盏灯泡照着，现在，打谷场上的太阳灯打开了，还有人影在晃着手电筒窜动。

呵呵，又有什么风刮来了。

我长大后，妈妈才告诉我，那一天的丽娜阿姨为什么会如此狼狈。原来，阿姨和一个名叫陈爱国的知青谈恋爱了。同住陈爱国一个寝室的队友都回上海探亲去了，所以，那个晚上阿姨就留宿了下来。没想到，农场场部派了民兵抽查连队的资产阶级生活作风问题，阿姨叔叔被抓了个现行。当时，陈爱国抱住民兵的脚，让阿姨逃了出来。

继牲口、家禽之后，我家的二号防空洞第一次对落难的人类开放了。

月光下，掩护的竹帘再次被掀开，防空洞开启了一段逃亡的浪漫。

受了惊吓的阿姨在意识到了安全后，困乏得像婴儿一般，眼睛一会儿闭上，一会儿睁开，嘴里断断续续说着谁也听不懂的喃语，她马上要睡着了。我很想留下来陪她，可我妈说，小孩子不懂得如何照顾大人。我妈想留下来陪阿姨，可我爸说，一家人还得和往常一样过日子，不能让外人看出异样，说不定过一会儿，民兵就会过来搜寻，太平一点，都回去吧。

那一晚，爸爸和衣睡在春凳上，像是随时准备着门外有人叫他。我也努力睁着眼睛，等着民兵的到来，并设计了多套支走民兵、智救阿姨的方案，尽管困得下一秒就会离去。

第二天我醒来时，屋里像往常一样，没有人声。农场的早晨总是特别早，爸爸妈妈应该都去上班了。屋后的竹叶吹着静静的沙沙声，让我猛然想起防空洞以及防空洞里藏着的丽娜阿姨。我赶忙起床，来到水桥边，想着要掀开竹链，但竹链上的伪装太逼

真了，覆盖的落叶像岁月承接的灰尘一样不露痕迹，让人不忍扒
开。我对着链子，轻声地喊丽娜阿姨，阿姨回应我了：

"阿姨，你早饭吃了吗？"

"吃了，你爸妈送了米粥和咸菜。"

我家的咸菜可不是一般的好吃，蒸的时候，放很多油，很多
白糖。

"我去拿一个鸡蛋，你生吃。好吗？"

"生鸡蛋有腥味，我不敢吃。"

阿姨嫌生鸡蛋有腥味，竟然不敢吃。我觉得有点不可思议，
但喉咙口，不知怎么的，真的起了腥味，还有滑腻腻的感觉。

听我没有回话，阿姨说：

"弟弟，你帮我一个忙，到队部看一下，看叔叔怎么了；你
还要和他说，我已经回上海，让他放心。弟弟，你千万不能说，
我躲在你家里啊，记住喽！"

阿姨让我去连队侦查，还让我送情报，我一听就来了劲。

十一

夏天的我捞鱼摸蟹，夏天的水稻、棉花抽枝拔节，分蘖开
花，夏天的农业工人们管理水稻、棉花的野蛮生长。在田头，到
处是草帽的影子。用麦秸秆编的草帽有经得起看的米灰色以及席
形的花纹，男职工的草帽刚够遮脸，顶上的"马鞍"方便男人们
用手脱帽致敬，或者扇风纳凉；女职工的草帽，外围大了好多
圈，假如太阳在头顶上方的话，能盖住女工浑圆的肩膀以及害羞
的白脚丫。蓄及脚踝深的水，足够水稻吱吱地喝个没完，放水员

担着铁锹，巡视每一块稻田，觉察水位不正常了，就沿着田埂仔细检查有没有田缺在漏水。大田班的职工清早起来拔稗草，没有经验的女工分不清稗草和水稻的区别，错将水稻当争肥的稗草拔了，这个可以原谅，若男职工犯同样的错误，很可能要写书面检查了。上午，农工们背着农药喷雾器，右手打着进气杆，左手拿着细长的喷雾杆，将农药喷到叶背上，杀死躲起来的稻飞虱。中午，农工们可以回到寝室，长长地睡一个午觉。下午三点后，阳光缓和了一点，那是施肥的好时间，职工的腰间系上布围兜，蹚着水，撒出一把把营养丰富的白色尿素。除了水稻，农工们还得兼顾棉田，他们一颗颗地在枝叶间翻找，把结不了棉铃的雄枝折了，把长得过高的顶丫儿掐灭。粗放的农活缀了一些细致。

一路上，我没有见到这些往常的景致。我蹑手蹑脚地踏入队部，果然，知青们没有出工，他们三三两两，正懒洋洋地进礼堂开会。

我装作一个闲来无聊的暑期少年，混在人群里进了礼堂。越到前面，人群越是密集，人人都想挤到半人高的舞台前，大概是想看一眼腐化分子陈爱国怎么样了。

拥挤的人群只顾着互相挤对，却不敢登上舞台。舞台的两边各有一个台阶，我顺着右边的台阶溜上舞台，躲进幕后。舞台的左边，躺着陈爱国。

尽管有了一个大礼堂，但连队毕竟是连队，一个区区的小地方。批斗陈爱国的现场，没有喧天的锣鼓，没有震天的口号，没有招展的旗帜和标语，但你只需看上一眼，你就会终生难忘。长大后的我，回忆的情形尽管有些模糊，但回忆的痛彻却愈加清晰。

陈爱国被捆得像一只青蛙，扔在一边。

躲在幕布后，我看到，有些人挤到台前，看了一眼，就掉头走了，有些人看了又看，还坚持在台前，继续看。我想，其中的原因都是一样的。

我摸着幕布，爬到陈爱国的身后。我隔着幕布，用手指顶了顶，他痉挛了一下。我又顺着幕布，摸到侧台，撩开布边，露出一个脸，这一下，我可以正面对着他了。

陈爱国的头肿胀得像一个木水桶，大大的眼睛陷成了一条缝，鼓起的嘴巴像一刀划开，两边翻去的伤口。

我就这样看着他，仿佛在看一尊泥塑像，我忘记了阿姨的嘱托，直到他被两个连队的同事提着离开，被扔到卡车上，我一直紧紧地跟着，直到我的眼睛被卡车卷起的泥尘蒙住。

批斗会结束了，职工们出工了。队部又恢复了平静，这种平静像待在防空洞里一样，没有风动，没有声响，像是天堂，像是地狱，像是纯粹的世界只有一个人的闲逛。

我想起我并没有完成阿姨交给我的任务，后来，我回想到，我之所以没有和他说一句话，是因为知道他回不了话，我之所以没有示意他，是因为知道他一动也动不了。陈爱国知道我是谁，明白我与他的照会带给他什么信息，尽管他始终没有点一下头，或者挤出一个会意。

我忽然想，我能为阿姨做一点什么呢？

首先，我想替阿姨说一句话，通知一下连队所有的人，她还好，她很安全；我还想和民兵说一句大白话，告诉他们阿姨藏在你们的眼皮底下，而你们却找不到她。我在地上挑了一块碎红砖，在礼堂的白墙上写了一行大字，为了确保没有写错字、句子通顺，我学我的美术老师那样，退后几步，好看得更清楚一点：

我很好，我躲在防空洞里！

其次，我得为阿姨拿衣服。阿姨几乎没穿什么衣服来我家的，她穿上我妈的衣服，像是一个上海来的女特务。

阿姨的寝室我去过。乘着没人，我溜了进去，阿姨的床位在上铺，我爬了上去，把床头藏的，床边放的，各种衣服，一面玻璃小圆镜，一把梳子，一瓶花露水，一盒百雀羚，裹进床单里，包好了，带了回来。

十二

我家的防空洞藏了丽娜阿姨，这个大秘密，我巴不得告诉我所有的同学以及每一个老师，我克制不了秘密在我内心的蠢动，我要告诉每一个我遇见的人，我的爸爸力气有多大，卖相有多英俊，我的阿姨有多漂亮，她晾晒在竹林里的内衣，有狐狸脸一样的短裤，有熊猫眼睛一样的胸衣。但如同只有我一个人知道的，那一条小河里的鱼儿最汛最容易上钩，那一段排水渠里的鱼虾蟹鳖最多最适合干浜，这种秘密我怎么会让第二个人知道呢？

我的家在离岛，是茅草屋，是私房，在我的班里只有我家落后成这样，但它是那么独一无二，那么遗世独立。我想起，学农的一大帮女同学指着远处的茅草屋，吃吃地笑着，说那是余存存的家，我当时是那么羞赧，其实是流行以及时髦蒙住了我的心灵；我想起，有一回，全班的男生站在水泥桥上跳水，先跳下去的我，被一个从天而降的脑袋撞出了血，我的班主任摸着那个同学的铁头，没有批评他怎么没有看清水里的同学有没有游开就贸

然跳了下去，反而笑话我，余存存是不是被撞成脑震荡啦，我想，那时的班主任同样被柏油涂了眼睛。

丽娜阿姨熊猫眼一样的胸衣以及狐狸脸一样的短裤只在夜深时晾出来，早晨太阳露脸的时候就收了回去。她只在半夜后钻出防空洞，走几步路，呼吸一下外面的空气。夜半的空气新鲜得像竹叶上晶莹的露珠。我们的防范是如此的紧张而严密，然而，冠东伯伯没有领着书记来我家巡查，哪怕是装着拜访。民兵也没有上门搜查，哪怕是隔着宅沟，在河对面望几眼。大大小小的各种运动好似海盗一样，随心所欲地袭击每一户可能的百姓，然后扬长而去。

一开始，我还能进防空洞，帮阿姨送送水送送饭什么的，可空气一下子又紧张起来，妈妈不许我进防空洞了，连爸爸也不许去。

妈妈说，阿姨在"毙小囡"。

原来，丽娜阿姨有了身孕，妈妈用土法帮助阿姨堕胎。

阿姨有了孩子，就好似一个差生偷了班花的一块香水橡皮，既不能在班里示现，也不能在家里示眼，结果只能是偷偷扔进河里去。

最终，我家的苦楝树终结了一个女人的心结。

妈妈用镰刀刨下苦楝树皮，洗干净了，放在锅里煮。妈妈说，苦楝树汁很苦很苦，要加了糖阿姨才能喝得下去。妈妈还教我，楝树花最好看，楝树果果最显眼，但它们太毒了，吃了要死人的，只有楝树皮的毒性适中，喝了苦楝树皮汁，能拉肚子，说不定胎儿就离身了。

我家的苦楝树上，一直有麻雀以及白头翁在觅食。麻雀个头小，它们吃楝树花，白头翁个头大，它们吃楝树果果。它们伸长了脖子，扭转好了头，嘴巴对准了花儿、果果的正面，一口啄下去，很尊重的态度，不是横吃萝卜竖吃菜的那种吃相。个头这么小的它们吃更毒的花果，却没有死去。

妈妈还是很担心，她叫我把耳朵好好地竖起来，随时听阿姨有什么需要。我干脆拿了一个小板凳，坐在了水桥上。

一个星期后，似乎大功告成了，妈妈说，阿姨现在需要补身子，你啊，赶紧出去弄鱼去，熬鱼汤给阿姨喝。

我知道鱼汛最好的河浜是哪条。

那一天，我做足了准备，挖了红蚯蚓，戴上了草帽，穿上了长袖衬衫，好像是人生的第一次正式钓鱼。

那条河浜在队部的西边，紧靠连队的生活区。河里的鱼又大又多，我想是因为知青把难吃的饭呀菜呀顺手泼进了河里。每年的冬天，连队作为一个集体，来一次规模浩大的干浜，这一定是连队一年里最热闹的一天，所有的大人小孩一早就在河堤上围着蹲下，河的两头各有一台抽水机哗啦啦忙着，眼看着水面一点点低下去，露出了芦苇脚，接着露出了红砖的头，破搪瓷脸盆，破搪瓷菜碗，接下来，浅浅的水面就会被惊慌失措、四处逃窜的鱼背划开。这是最激动人心的时刻，每一个人都忘记了寒冷，脱了袜子，把鞋子扔到一边，高高地挽起裤脚管，衣袖也解开了，羊毛衫棉毛衫的袖口挽得不能再高了，跃跃欲试。但能下河摸鱼的人可不是阿猫阿狗随便哪一个，而是队部精心挑选的预先安排的，其中的人至少是得了奖状的。这是一份多么让人羡慕的差事，你没有用手摸过鱼，你就永远也不会明白其间的快乐，我想，其中的快乐说也说不过来，有丰收的快乐，游戏的快乐，合

围的快乐，追逐的快乐，猎捕的快乐，到手的快乐，脱手的快乐，投掷的快乐，被围观的快乐，等等。如此的快乐太诱人了，等不到鱼被抓完，岸上的人们一哄而下，谁也都要享受一下捕鱼的乐趣，哪怕最终弄了一身的泥浆，只抓到了一条小毛鱼，也会举在手里欢呼一阵。

我挑了一个不显眼的角落，猫着身，下了渔线。

那时的渔线是我从簸箕里的一段尼龙绳，一根根抽出来连接的，鱼钩是用小号缝衣针折的，把缝衣针放在美孚盏上烤，等缝衣针红透了，就用老虎钳折一个鱼钩的样子。这样的鱼钩没有倒刺，鱼儿容易脱钩，等鱼儿上口的时候，要用尽力气甩，鱼线吃上分量了，鱼儿也就被甩上高高的岸上了，活蹦乱跳着，正当我高兴得得意忘形的时候，突然一辆卡车停在岸边，跳下来两个知青，说是钓鱼是一种叫什么来着的生活方式，听口气，那是一种不好的生活方式。其中的一个夺过我的鱼竿，顶在膝盖上折了。

自从我在礼堂的白墙上写了大字后，我的胆子大了，脾气也大了。知青的举动没有吓到我，反而让我光起了孩子火。

"还我鱼竿!"

我拉着一个人的衣角，缠上了他。

"为什么还你？'小赤佬'犯了错还想要回鱼竿，亏你想得出来的。"

"为什么折断鱼竿？"

"你不明白，这条河是公河，国家财产，私人可以钓鱼吗？"

"那我不钓就行了，我可以到野沟里去钓。"

折一个鱼钩有多么不易，我还真的舍不得。没想到，那个知青笑了起来，摸摸我的头，说："记住，别在这条河里钓鱼喽!"

还加了一句，"这个小赤佬胆子还蛮大。"

"那我的鱼竿呢——"

我指了指竹竿断成两截、鱼线缠成一团的鱼竿。

"拿回去拿回去。"

知青划了划手，有点不耐烦了，但是故意的。

接着我瞄了瞄鲫鱼，那条大鲫鱼还在浅草里翻跳。

"怎么？还想着鱼啊——"

我嘻嘻地笑了起来。我想，知青的讽刺也是故意的。

"想得美！扔到河里去！"

滑腻腻的活鱼不好拿。我两只手捧着，拿给知青看清楚了：

"钓上来的时候受伤了，嘴口流血了。但这条鱼大、壮，养回去，说不定能活。"

说着，我把大鲫鱼扔回河里。咕咚一声，水面砸了一个洞，开了一朵花。

"别弄得像真的一样！"

那天，我明白了一个道理，从来就没有允许过钓鱼，之前，我之所以能钓鱼，不过是连队的阿姨叔叔都已经熟了，他们不好意思赶我罢了。也从来就没有过不允许钓鱼，之前，我之所以能钓鱼，是他们还没有想到钓鱼也是可以被禁止的。我对着知青说这句话，是因为出于我的最新认识。其实，这个道理被一个小孩子明白了，大人们毫无疑问也明白这个道理，所以，两个知青对我冲他们喊并没有生气，反而对我挤了一个怪脸。

当然，这种小事难不倒我。钓鱼不可以，我干脆干浜去。

回家我甩了草帽，脱了长袖长裤，拿上鱼篓、脸盆，赤脚去干浜了。墓地那儿，靠边有一条排水渠，因为很少有人敢去，鱼

蟹正等着我去捞呢！

十三

丽娜阿姨喝了源源不断的鲫鱼汤，身体好了，心情也好了，妈妈这才允许我进防空洞看望她，也许是阿姨她本人才允许我去看望她，毕竟，我是一个渐渐懂事的男孩，而丽娜阿姨只是一个姑娘而已。

我记得，我进防空洞的时候，阿姨蜷缩在稻草堆里，像一个犯了大错的女孩一样，羞耻而胆怯，不敢用正眼看我，以至于我真的认为，生活腐化是一个多么严重的罪恶。为此，我只是坐在那里，不知道说什么才好。

我忘记了丽娜阿姨有没有问候我，有没有向我致谢，在沉闷了一阵后，阿姨突然抬起头，说：

"弟弟，我让你尝尝香水的味道。"

她从身边拿出那瓶花露水。原来，这不是花露水，而是一瓶香水，不用手指抹，而是用手指按住喷头，香水就像白雾一样弥散开来。

阿姨把我拉进她的怀抱，不顾我的挣扎，喷头对着我的脸、脖子以及身子，乱喷一气，然后紧紧地抱住我：

"弟弟，你说，香不香？"

我似懂非懂，回答说：

"香，真香，真好闻！"

阿姨很满意我的回答，她咯咯地笑了起来。突然，她又哭了起来。这是我有生听到的最长的一次哭泣，哭得我都不忍心离她而去，哭得我在她的怀抱里睡着了。

回到大床上，梦里的我胆子更大了。在梦里，我为丽娜阿姨的故事完成了一个结尾。我就是那个铁道员，丽娜就是那个戴着口罩的阿姨。阿姨终于把口罩拿了下来，露出了她的鼻子、嘴巴以及下巴，果然和阿姨的额头、眼睛一样标致，她含情脉脉地注视着我，仿佛我是天下最英俊的男人。铁道员控制不住自己，他扔掉了手中的铁道灯，深情地拥抱着她。她的身体是多么柔顺，多么温暖，铁道员慢慢地把自己化入她的胴体……

第二天醒来，我回想起昨晚的梦，梦中的雾和月，云和雨，羞怯得都不好意思被丽娜阿姨看见我。

我的羞怯是多余的。

昨晚，阿姨走了，回她的上海去了。为了如何让阿姨回家，不被人发现，爸爸告诉我，他们很废了一通脑筋。白天，离家最近的果园小学有一个公交车站，但去这个公交站的话，一定会碰到认识的队友；晚上六点以后，公交车都停了。我家离县城的码头足足有三十公里的路，让阿姨走夜路去码头，以阿姨刚刚复原的身体，肯定吃不消。于是，半夜以后，我爸把那条小船拖上岸，翻进隔壁的河里。那条河，通向更宽的另一条河，更宽的那条河，通往县城。当年，我爸躺在船上，冠东伯伯就是沿着这条水路，把我爸救到县城的医院。水路弯弯曲曲，我爸我妈用竹竿一把一把地撑，把阿姨送到了码头，让阿姨赶上了早晨去上海的头班船。

当我家的芦花鸡走出防空洞的时候，它重新看到了竹林，雌性的苦闷到来时，它照样可以假以抱窝而逃避生蛋；当我家的大公羊走出防空洞的时候，它重新看到了自己的领地，高高的苦楝

树，雄性的苦闷降临时，它可以站立起来又猛扑下去，和苦楝树根来一场永远不分胜负的角斗。我特别怀念它，不仅是因为它做了我的坐骑——为这——我已经把它的犄角一直挂在防空洞里的泥璧上了，更因为它为保住我家的宅地而作的牺牲，现在，这个宅地依然还在，它和堤内的农民一样，可以养鸡养鸭养羊，你愿意养多少就养多少，只是还没有开放养猪甚至养牛的口子，尽管有些遗憾，但大家已经足够开心了。

当丽娜阿姨走出防空洞的时候，我不知道她用了怎样的姿态，愿不愿意去看更广阔的世界。之后，断断续续地，妈妈将她得到的消息转述给我，阿姨、陈爱国都回上海了，但他们彼此没有联系，没有见面，没有结婚。这未免太不可思议了。

我要说，千万别弄得像真的一样，不然真的会害人。

2022 年 6 月

圆　子

一

我妈妈是很早就知道了女孩比起男孩的好处，不然，妈妈就不会连招呼都没和儿子我打，没有预热，毫无征兆就抱了一个女孩回家来。

女孩她的亲姐姐有三个了。可以料想，她妈怀她的动机。老话说，事不过三，说是同一类事情不能有第四次，而不是说不可能第四次。这是我的理解。我妈顺势向这个小姐妹提出了过继的要求，并顺利在当天的傍晚，欢天喜地把她抱回了家。这个从天而降的妹妹，我也是喜欢得无以言说，眼睛没有离开过襁褓，两只脚也只晓得围着妹妹来来回回地转。等我想通了，就和妈妈说，别人——上上下下哥哥姐姐弟弟妹妹——总算我有妹妹了。这话，说得妈妈也松了一口气。之前的眼神，妈妈观察我还是有一点警惕。一口一个妹妹挺好，在门外的话，要是有一个名字别人就不会听错了，但那时我还没有文化，不知道取什么名才好。

"你叫小未，她叫小末吧，小末好叫又好听。"

我的小名确实是这两个字，可别人都叫我小卫。小未和小

卫，这点区别我还是听得出的。街上的大人们，没有什么文化，小孩也跟着瞎叫。我就不跟他们计较了。

等妈妈放松了一点儿，我装得没事似的突然问妈妈为什么领小末进来，妈妈说，你知道个啥，女的能使世道太平一点。妈妈这话，有埋怨男人的意思在。这惹恼了我。想想我自己，作为妈妈的儿子，我很愿意听妈妈的话，简直到了叫我吃饭就吃饭，要我睡觉就睡觉的地步，怎么能说男的使世道闹哄哄呢。于是我生了坏心眼，想把小末弄回老家去。我佯作喜欢的样子逗妹妹开心，偷偷地伸进襁褓，不时地挠她的脚底心。我可怜的妹妹，缩回去的脚刚想蹬直舒坦一下，又碰到她的哥哥那阴凉的食指头，只能咯咯地笑着缩回胸口。如此的反反复复，我的妹妹只能哇哇大哭了起来，直至我夜半睡去。天刚睁开眼，我妈就潦草包裹了襁褓，把妹妹送回她该待的地方去，一路上妈妈不停叹息，吃不消，吃不消，夜哭郎。妈妈的样子很可怜。一路追随着的我，跳到妈妈面前，很认真地说：

"妈妈，我做你的女儿吧。"

二

妈妈把赌局还了回去，我自己却糊里糊涂把骰子揽回自己的手里。

我决定了做妈妈的女儿。我知道由儿子变为女儿，该要学哪一些技艺。但我不知道，儿子变成了女儿，要受街上的大人小孩，他们的多少笑话。不过，看起来，至少眼下是好事：我的妈妈立马笑成了一朵，一朵早晨沾了露水的花。

做女儿我第一个学会的是做圆子。

那天，是我的生日，妈妈说做圆子给我吃，要我乖乖站一旁看着。一心想着做女儿能帮妈妈搭一把手，我就把自己当作了妈妈的第三只手。我的搅局未必是忙上添乱，看着妈妈挥舞着沾满了糯米浆的双手，连推开我的机会都没有，更别说拉我的手拎我的耳朵，我别提多开心了。在一片责备声中，不断地有圆子送入藤盘，就像新鲜摘下的瓜果。进展井然而有序，盘中的圆子排列错综而匀称，其中一半的形状是圆的，还有一半寿桃的模样。圆的上面，妈妈用筷尖点了一个红泥圈圈，尖的呢，竹筷轻轻一压，小鸡鸡的姿态被轻而易举地在妈妈手心里托举了出来。

"妈妈妈妈，圆子看起来像小囡哦。"

妈妈被我的聪明逗乐了："小未啊，圆的上面有红点的是女儿，尖尖头的是男孩。"

那一刻，我差一点就想逃离做女儿的决心了。不但是尖团子看起来更神气，包的馅也明显有偏心。红点圆子吃的是豆沙，而尖头圆子吃的是芝麻，又香又甜的黑芝麻！妈妈是看出了我的心思，哄我说，芝麻的统统归我吃，吃完了芝麻，再慢慢吃豆沙。妈妈的承诺让我心满意足。更叫我得意的是，我真的学会了做圆子，不要说点红圈圈，就连"小鸡鸡"的形状，我也能一次性地准确压制出来——想象着自己的小样，我把讪笑抱在鼓起的腮帮里，手势娴熟无比。做糯米圆子的工艺我了然于胸：隔夜淘米，让太过紧张的糯米放松个一夜，第二天去磨坊碾米；和粉的时候不能着急，开水要一点一点慢慢地浇，手心里要不停地扑一些生粉，不然，不要说做圆子，就连两只手都合着分不开了。指甲要在事前剪掉，只剩圆圆的指头，这样才能圈出一个不会漏馅的斗

来；不能贪心，馅不要冒顶，浅一点才能避免满脸的麻子。这些是技术活，并不比用圆规在白纸上转一个圆圈容易。当蒸笼出锅的时候，绝对不能忘了洒凉水，用小笤帚那么一甩，滋滋的一长串冰激声后，圆子收缩好了婴儿肥，小屁股下垫好了芦叶片，坚实而有力地席坐着。

这个可是经验，妈妈接力给我的祖辈的老法，可能会受用一辈子呢。

三

我的圆子手艺是出了名了。我和妈妈两个人只有两个农历生日，一年两回的圆子活儿，远远满足不了我的表现欲。于是，我常常从坐落在西市梢的家里出发，沿着北街往东走，到了东市梢折回，沿着南街回来。我挨家挨户探进头去，看看有没有过生日做圆子的。总有这样的人家的，我就当仁不让地跃过高高的门槛，二话不说，分了主人手上的活儿。

忙好了，圆子也受了凉水激灵席坐好了藤盘上，大人们一定会问我：

"小卫啊，你是红圈圈还是尖尖头？"

我故意装作很难为情的样子，低下头，用脚尖碾着地面。大人们其实不想为难我，只是和我开开玩笑，给我做送分题。

"那，小卫，你喜欢红圈圈，还是尖尖头？"

"都喜欢！"

每一回，我都会高高兴兴地捧着四个圆子、两个豆沙、两个芝麻，一路小跑回家向妈妈邀功去了。

　　我的小街叫海桥。海桥是一个镇，一个镇只有一条街。那时候的海桥街，长到望不到两头，街两旁矗着有身份的大房子，银行、邮局、百货店、饭店、电影院等，之间是上不了台面的各种小铺子。周边几十里方圆，只有我的小镇最气派，人气也最旺。自从我小未的名气出来后，赶集不仅仅为了家用的了，还夹带着过来看看小卫的目的，所以来的人更多，街上也更加闹哄哄了。妈妈皱着眉头，忧伤而无奈地看着。我知道，妈妈不是为了其他别的，只是嫌闹。妈妈喜欢安静。我尽量学着妈妈的样子，说话小声小气，但终究还是憋不住的。

　　天还在睡觉，家门口就开始热闹起来。上早市的农民在我家门口窗前摆放好菜篮子，蔬菜瓜果应时而来，忙乱而兴奋，拥挤得脚都不敢挪窝。他们都知道我妈的偏好，习惯把吵闹说成夸张的擒龙捉虎，大嗓门自觉到别处摆摊去了，要不然我妈会发脾气，左手拍着门板，右手食指头的侧面压住嘴唇，发出一个十字形的嘘声。大家很尊敬我妈这一个标志性动作，但现在不管用了，直到我的出现。

　　小未我那时还小，只会模仿我妈的那个标志性动作。但奇怪的是，菜农们立刻压低了嗓门交易，还抽空抓一把绿叶菜往我家门槛里放。这会儿我明白了，这些菜农喜欢我甚于喜欢我妈。后来我还明白了，十字形的嘘声，当它面对的是一群不太野蛮的人们时，胜过其他劝告。

　　那时街上的小伙伴们还不懂事，我的那个十字形的嘘声对他们无效。他们嫌小街散市后的清静，经常在我的窗口小黄雀一样窜来忽去，还怪声怪气叫喊，生怕别人不认识我不了解我：

　　"小伪娘，小伪娘。"

我站在门里的阴影里，可怜他们。你们脏兮兮的，老鼠一样让人讨厌，还好意思说别人？读书不行，还不帮妈妈做家务，觉得好意思吗？这种情况下，那个十字劝告我都懒得嘘。

"小卫，鸡鸡有吗？"

我回身从饭桌上拿了两个圆子——自从我小未圆子出了名，竹制扣篮下的大海碗里从来就不缺圆子——一个红圈点，一个红尖头。我右手拿着红圈点的圆子朝他们晃，左手拿着红尖头的圆子指指自己。

说说也就拉倒了，会有个别人不但这么说了，还恬不知耻地拉下裤子，真的掏出来鸡鸡朝我又抖又晃，欺负我没似的。这种人往往不是住镇上的，跑出小街他们就是种田的乡下人了。

你们腻腥，我不敢下流？

"看到了吗？不比你的小，还大咧！"我会跨出门，来到阳光下，显摆给他们看清楚了。我不像他们从裤脚管，我是从门襟里掏出来的。能从门襟里掏出来，说明我的至少比他们的更成型。

比不过我，他们就吓唬我："敢打架吗？"

约架我敢，还喜欢场面大一点。

"吃过晚饭，电影院门口！"

想着不久以后的大场面，我激动得饭都吃不下去了。瞅着电影院门口的空地上陆陆续续多了人影，我就把拳头捏得紧紧的，藏在两个裤兜里，大佬一样晃过去。约架的那些小子还没有到场，门口的人却越来越多，天色也暗得连人脸也分辨不清了，我只得在大人的胳膊缝里找，最后我不得不带着遗憾回家，还跟妈妈装得什么事也没有发生。实际上，我在胳膊缝里看到他们了，他们也是双手伸在裤袋里，在人缝里钻来钻去，看起来是以同样的方式寻找决斗的对手。我发誓，他们没有看见我，那是伪装的。

我总算看穿了我的伙伴们。他们之中，女的不像女的，不会做圆子，不会缝纫，不会织毛衣，妈妈忙东忙西，只会站在一边，像是在看戏；他们之中的男人，更不用说了，邋里邋遢，鼻子里收不完的鼻涕，指甲缝里嵌满了垃圾，看起来只能把指甲拔了才能洗干净；不会做农活，打架也不行，临场胆怯，看见我了像没有看见一样，还喜欢擒龙捉虎，虚张声势。

我更喜欢竖一个中指给他们。对，就该这样！

我越来越喜欢上妈妈的主意了，做女孩子可真好。我甚至觉得自己还女得不够，远远不够，我还得学会更多女红。我老早瞄上了落在房间一角的缝纫机了，妈妈很少碰它，这台缝纫机通常把机头缩回肚子，合起面板，还堆上乱七八糟的东西，藏起来，还蝴蝶牌呢！现在我把面板掀开，小心地把机头扶正：好一个掀了头盖的新娘，面容发光，眼神闪烁。缝纫机家里很早就有了，妈妈也不是没有想到过让我碰它，只是认为做裁缝的，她还没有见过有双腿利索过，这些人在农村被称为"半劳力"，一天最多值5个工分。现在看到我对缝纫机如此着迷，也就没有阻拦。小未我会做圆子，那是有关好吃的事业，小未学做裁缝，那可是有关好看的大事了。妈妈或许悟出了其中的大道理。

妈妈帮我在缝针的眼睛里穿上了线头，在机舱里摸索着一会儿，装好了线团，翻出暗银色的针箍，套上我的中指。还有一把剪刀。那是一把我从没见过的剪刀，一把裁缝剪刀，像蜻蜓一样别致而漂亮。从此，每天放学回家，我就一头埋进了缝纫机。我由慢到快踩着踏板，缝纫机就像火车的车轮一样隆隆转了起来，

越转越快，快得都让我不愿意踩刹车；一条条笔直的线脚随着布条在出线压板的指缝间流出，在布条的两头之间来来回回地反复奔跑；裁缝剪刀蜻蜓一般在平整的花布面上滑去，身后是两道渐行渐远的波纹。

从最简单的围裙、袖套开始，慢慢地我可以做假领子、裙子、裤子，到复杂一点的连衣裙，最后的是中山套装，结婚时新郎穿的，那时候很流行，人手一套。我喜欢呢子面料，这时的裁缝剪刀一改平日的轻巧，变得男人一样厚朴有力。毛料像被犁刀翻开的丰腴土壤，羊膻味儿扑鼻而来。剪子到了尽头，连续的两声咔嚓咔嚓声，意味着完工和得意。我简直可以开裁缝铺了。

四

我有一件中山装，那是我从衣柜里淘出了父亲的原版，缩小了尺寸后翻新的。比起银行墙上挂着的收纳袋，中山装的口袋，它们工序烦琐又复杂，形状漂亮又大方，装得下小街男人所有的梦想和心思。特别是左胸袋盖上开的那条缝口，冒着钢笔套闪闪的光亮。这么一件正经得冒着权威气的衣服，让穿着的人转过来，正面对着，不让人肃然起敬才是怪事。

我想象着我爸穿着中山装，那个样子就是这样的。

那一天，邻居跑过来和我说，妈妈和人吵架了，还吃了亏，在自留地那里。

我赶紧起身，穿好了中山装，问隔壁邻居借了一辆脚踏车，噔噔噔飞过去。

我家没有自留地。我和妈妈吃的是公粮，有国家担保着，不需要这个。自留地是留给有一顿没一顿的农民的。可我妈多事，在离家一里开外的地方刨地种菜。小镇被农村包围着，吹什么风都能闻到青枝气以及家肥的味道，不怪妈妈受了环境的影响。那块地在一条沟的拐弯处，类似于人的股腿沟那种角落里。离家这么远，我纳闷妈妈是怎么觅寻到手的。远远望去，田头站着妈妈，还有五个人围着她，全是女的。我一看心里就有底了。女的好对付。我伸直了右腿往后一划，大雁一样收拢了尾翼，从容地下了车，支好了撑脚，咳了一下。

事件的原委是这样的，两块加起来不满半亩的菜地紧挨在一起，中间的分界也就一巴掌宽的田埂。我家的在西边。当时的主人不知为什么，非要把地一分为二，送一半给我妈。现在的问题是，她们的卷心菜，需要午后阳光的充分照射，而我的妈妈，照她们的话说，是存心搭起了一人多高的竹栏栅，故意种了能爬多高就多高的扁豆藤，害得她家的卷心菜半天见不到太阳，到了六月，还只有拳头那么大。

一定是我的中山装以及胸口闪闪发亮的钢笔套起了作用。她们见了我，松开了被拔了半截的竹栅栏，用眼光围住了我。

"我们家不缺蔬菜。卖菜的农民天天往门槛里扔，吃都吃不完，又不能养猪可以喂，烂掉一直很可惜!"

妈妈本想小事化了的，没有请我这个儿子出场，更没想到儿子会这么说，赶紧用右手食指压住嘴唇，发出一个十字形的嘘声。

妈妈舍不得那地呢。她一直教育我说，土地是地球上最好的女人，她种什么养什么，你可记住哦。妈妈她恨不得把这话刻在儿子的额角上了。可我话都说出了口，收也没面子了：

"这地我们不要了，送给你们，你们家用吧！"

我这么一说，她们家妈妈样子的女人接口说："这地，本来我家送给你的——"

我有一些诧异，怎么回事？

"你是小末吧？"

我点点头。"小末都长这么大了，啊——"

我不认识她，她们全家人我一个都不认识。妈妈有点尴尬，看不下去了，赶紧说："来来来，小末，这是小末。"妈妈指着一脸凶相的女孩子说，"你还记得小末吗？"

小末听到了我妈的话，放松了下来，朝我撇起了嘴，但更像笑吟吟。小末知道过继的事。但她肯定不知道，她的脚底心和我的食指的故事，小末不是小仙女。

原来，自留地东边傍着的那间房子就是小末的家。我妈领养了她们家的小末，作为感谢，她们家把这块菜地送了我妈。因为紧挨着，意思是多走动常来往。只是没有想到，我们把小末退回去了。眼看着自己的日子还是那么苦，镇上的人家还是那么有底气，她们家一直替小末没有吃上商品粮而可惜，心里有气，在找碴撒气呢！

想想对小末的作践，我不好意思起来，忙说，两家人本是一家人，菜地的事好商量。我看这样吧，我家菜地上长什么，只要看得中，你们随便拿。

小末最小，轮不到她说话的。可她抢了她的妈妈和三个姐姐，还学我的口气："两家人本是一家人，我们的菜，你也随便拿，怎么拿都可以。"

两家的大人都在，经小末这么一说，就变成了我和她两个人的对话。我的脸都发了红，只得转过脸去，吹吹东南风的清凉。

五

小末认了我这个哥哥后，她真的把我的客气当成了她的福气。一开始，小末仅仅是在我家门口匆匆路过，我眼尖，看见了，装作没看见；但我妈真的没有看见。过了一会儿，小末返回又路过我家，这一次是故意放慢了脚步，眼光往我家里钻。我妈终于看见了，连忙跨出门槛，喊住了小末："小末，进来进来，这里也是你的家啊！"小末大大方方地跨进了门，我还没有起身招呼，她就亲亲热热叫上了我："阿哥！"

一直以来，我感觉自己有愧于这个阿妹。妈妈还不明就里地解释："小末啊，你没有上我们家，可是你自己的错。你要知道，你又哭又闹，整整一个晚上啊。"

"我不知道啊。那时，我怎么这么不懂事啊。"小末装起了糊涂。

"当初你做了我的女儿，现在你就吃商品粮了，不用种田喽。"

"现在做也来得及，来得及的。"

"怎么来得及？你的年龄超过了，上不了户口。"

"不是这个，妈，我不要户口，我要跟阿哥学缝纫。"

"学缝纫？他还只是'三脚猫'呢！"

"连中山装都会做了，哪是'三脚猫'。"

没征得我妈同意还好说，我还没有说一句话呢，小末就摸到缝纫机台前，示意我靠边一点，和我坐一条长条凳了。那时我还

没有心思教小末怎么裁剪，看起来她也没有这个意思，她只是要
我把线卸了，空踩缝纫机，轰隆隆，轰隆隆，像极了火车的大车
轮，直奔起来停也停不下来。我几次想叫停，不是担心空转会弄
坏了机器，而是出于一个绕不过的奇怪念头，想再一次挠挠小末
的脚底心，看看她现在还能不能把双脚缩回到胸口那里。

六

缝纫机台的旁边，长条桌上越堆越高。一堆是各种面料，卡
其的、的确良、哔叽以及含量不一的毛料，还有时髦了一段时期的
派力斯；另一叠是样板，牛皮纸裁剪的，男男女女老老少少各种
式样。其中的一套连衣裙，尺寸不放不缩，正合小末的身材。那
是我从时装杂志移裁下来的，模特儿是一个娇小玲珑的江南女
子。我白天在供销社做学徒工，下班就躲在缝纫机头后面，小末
躲在我的背后。我埋头工作，没有工夫想其他那些狗儿猫儿的事
情。小末她也一心学习，伏在我的后背上，仔细观察我的工姿。
小末的鼻息吹得我耳朵痒兮兮的。

小末经常摸黑过来。回合多了，我就开始注意起周边的变
化。我的妈妈一直待在家里，她怕小末没有人陪着说话，我的态
度又非常生硬，不合情理，妈妈可能担心我会得罪小末，所以，
只要小末在，妈妈就一定在。还有可能是妈妈以为她的儿子和那
个过继未成的女儿还是一对孩子，难免在不懂事的时间点做出不
懂事的事情来。这么说来，妈妈是在见证着什么。

另外的见证人是她的三个姐姐。

她这三个姐姐通常手里各自揪着一根竹竿，从小街东头的桥

上过来，一路上用竹竿敲打着石子弹格路面，瞎子一样摸到我家
门口，贴着虚掩的前门听一下，里面的灯光在门缝透着，还有隆
隆车轮以及她们幺妹的咯咯笑声。小末耳朵灵着呢，她听得见门
外有动静，于是故意咯咯地笑，像是报平安信儿。然后，就恢复
平静，紧张地贴着我的耳朵，学她的裁缝。

"小末!"

"在呢!"

姐姐们高声说着话，小末在小未这里，我们放心啦! 三个姐
姐边走边说。于是，我明白了，三个姐姐和我妈的想法不一样，
一个是监管，另一个是证实，小末和小未在一起，而且，是向街
坊邻居证实。

小未小末谈朋友了。消息似盛夏晚间的凉风吹过，小街上的
人们不再吵吵闹闹，说话声都小了起来。大家交头接耳，一边眼
角瞅到了我家的门槛里面，甚至缝纫机的台前都明晃晃了，一边
用手掩着嘴巴说悄悄话。你们话说得再轻，我也听得见。我可不
在乎大人们说什么。

城里的街道由路灯罩着，胆儿大着呢! 这里没有，小街和旷
野巴巴地望着同一个月亮。小街的东西两头各有一座小桥，桥墩
上各挂着一盏灯头，像是两个守夜人，守护着小街的秘密。

渐渐地，我和小末走出了屋子，甚至不愿意被桥头的灯盏看
见了，我们两个越走越远，来到田野里。那里有一垛稻草，堆得
像一个草房子，小末把我引到草房子，因为她早就看好了这个场
所，还把前期也预备好了。她动手搬掉一捆稻草，露出一个毛糙
而暖人的窝窝，它刚合两个人并排侧身躺着，掀开窝口的草帘
子，天上是圆圆的月亮，以及月亮下淡淡的白云；合上草帘子，

里面就是一个柔软，散发着稻草馨香的新床。小末得意地看着我。我侧过身体，摩挲着她的发梢。我只是在摩挲着小末的刘海，时间长了，小末不满了。她踢了我一下。对小末的意思，我明白着呢。我的旧念头又上了心：

"想看看你的脚底心。"

这实在没什么大不了的。小末不用自己的手，也不需要我动手，两只脚上下蹭了几下，不但鞋子被推到了窝门口，连袜子也褪到了脚踝下了。我屈身抱着那双脚丫子，深深地舒缓了自己一直以来的歉意。小末的脚丫没有当初的肉感了，瘦瘦的，一如她细长的手掌；脚丫也没有当初那么怕痒了，我挠上去，只是轻轻地颤抖一下，没有之前那样需要缩回到自己的胸口去了。

我动手帮她穿起了袜子。袜子是丝袜，顺滑而透明。

"好啦？"

我拍拍手，说："好了。"

多年的念头被满足了。

"好啦？"小末加重了语气问我。

我的傻丫头，你不知道你的脚丫子和我的故事。我差一点要告诉她这个故事，可我还是忍住了。照小末的野性，知道了自己当初因为这个而没有进我的家门，非把我一脚蹬出窝窝不可。小末见我还在发呆，索性用力推了我一把：

"你看我，像什么？"

"番茄，像不像红番茄？"

青涩刚刚泛红的番茄，阳光晃过了叶子。

"我呢，像什么？"

"玉米，玉米棒！"

毛茸茸的叶子，新吐的红缨，日长夜大，每天令人耳目一新。阳光下的玉米雏棒。

我再一次抱起她的脚丫，贴到我的脸上。

"激动了就抱我脚，为什么？是我的脚香吗？"

"臭的，玫瑰腐乳的香味。"

小末咯咯地笑个不停。我和我妈一样，喜欢安静，即使在深夜，只有远方传来狗叫的地方。为了制止小末没完没了、无边无际的笑，我没解开她的裙子，而是忍不住解开了那个有关脚丫的秘密。

"自私，自私鬼！"小末边骂边笑，眼泪都从脚底心流了出来，咸酸的味道。

"现在，好了，一切我都不管了，就赖在你家了，是你妈的女儿，你赶不走我了。"

七

我妈对儿子我抱有绝对的信心，坐在家里的缝纫机台边，安静地等待着。

街坊邻居没看到小末在早晨天还合眼的时分偷偷地溜出来急匆匆回家，按捺不住性子地就跟我妈闲话："小末很久没有看见了。"

我妈翻了人家一眼。这话说得，好像小末不喜欢小未。有小未是伪娘，姑娘不会喜欢的意思似的。

"哪里哦，昨晚还在呢！"

"昨晚还在啊?! 怎么没有看见小末回家啊?"

我妈又翻了人家一眼：

"回家的，只是晚了一点。我们两家都是有规矩的人家。"

"啥时候吃喜糖噢？"

"小末小末他们可是兄妹！"

碰了软钉子的邻居们索性不和我妈说话了。我是裁缝。小末她，这块料子该裁剪成什么，我还没有想好呢！

就在我犹豫要不要向妈妈说说我的红番茄时，小末的红番茄被一辆脚踏车碾破了。

小末的脚踏车是她三个姐姐的，差不多当作牛一样用的。那是我们那里最常见的 28 寸载重车。那天，小末把姐姐的脚踏车偷了出来，我们计划，骑着它，到更远的地方去。我们抢着要骑车。小末说，这辆车是她家的，她家的车由谁骑她说了算。小末左脚踩着脚踏板，伸起了右腿，像燕子一样展开了剪尾。

是载重自行车的前横杠拦住了我和小末的爱情。因为前横杠，该死的前横杠逼着小末高高地抬起后腿，伸直了上车，燕子的剪尾一样。剪尾的下面，我看见了小末的内裤，粉红的内裤只是一截遮羞布，一段匆忙而无意泄露了秘密的小封条。小末的纯洁，甚至她的贞洁被细长的小布条勒破了。

小末骑着车，满大街飞。上车下车，一天要有多少回展示她的秘密？

小末感觉到我没有上后座，扭头看了我一下，拐了一个大大的愚蠢的圈子回来接我。这辆车太高大了，小末深一脚，浅一脚，竭力踩着踏板，样子好像一个瘸了双腿的人，高一脚低一脚地赶路。

"上车啊——"

"不去了。"

满大街的人，所有的人，他们用眼光轻松地偷走了小末的纯洁。我的脸色一定阴沉极了，一定凶恶极了。我记得当时，我要回家操起那把裁缝剪刀，把所有看见了小末燕子尾巴的人，用剪刀戳破了他们的眼珠子；还记得我要把那辆破车高高举起来，远远地扔到河里去；要学她的三个姐姐一样，用竹棍把她的腿敲断，还要用最大的声音问她的两只耳朵，还乱跑不跑？

我是如此的脆弱，竟然被一束眼光击碎了。

可这也怪不了当年的我。我做裁缝，从事一个有关美丽的事业，何况，本来我就要用美丽这根标尺，把小末里里外外量一个够的。小末不能穿裙子，小末不能骑车，甚至小末不能在大街上漂亮起来。我后悔自己给她做了裙子，各种各样的，百褶裙，一字裙，连衣裙。

八

小街依旧的节奏，热闹继续装点着人们的生活。西市梢的那个人家，却没有了缝纫机急行军的唰唰声了。我的妈妈下了班就把自己关在门里，小末鼬子一样溜入溜出，看起来又像女儿，又像一个不太情愿又强挂笑容的媳妇在服侍病榻上的婆婆。小末一来，我就找了各种理由出去。之后，没有更多的理由可以重复使用了，我干脆什么话也不说，先是到街上闲逛，之后，越走越远，到别人看不到我的地方去了。

小末的三个姐姐看住了幺妹，但关不住她的脚，她们手里提着竹竿，再次出现在小街上，推开我的家门，瞅见了她们的幺

妹,呆呆地坐在缝纫机前。她们举起竹竿,要打断幺妹的腿,赶她回家,小末回嘴说,这里是我的家,我要待在这里。姐姐知道幺妹的心思,说:"那我们一起去找他。"

"不找他,这里是他的家,他总要回家的。"

姐姐们急了,又举起竹竿:"脸皮怎么这么厚?"

小末站起来,挺起腰:"你们要打,就打好了。我的脸皮就这么厚。"

姐姐们放下竹竿,心疼起来,在幺妹的身上上下摸着:

"他怎么了你?你说啊,怎么了你?"

这话是说给我妈听的。小末急了,涨红着脸,嗫喏不出什么,干跺脚。

"我在等我儿子的说法呢。"

妈妈静静地说。

妈妈一如既往地依赖我,相信我。场面僵持到了半夜,看姐姐们非要等到我回去不可的样子,小末就领着她们到草房子来了。小末知道我在那里。她只是不想让姐姐知道这个草窝,她不想让姐姐据此笑话她一辈子。

当我听到远处传来狗吠,看到手电筒朝着这里晃的时候,我知道,她们终于来了。我知道她们的目的。三个姐姐无非是要我二选一,要么,小末嫁给我,要么赔钱加痛殴。这道题目的前提是,小末跟我厮混了几年,她一定是我的人了。即使不是我的人,别人也会认为是我的人了。这种名誉上的损害,是任何一个姑娘背负不起的。街上这样的事不是没有发生过,结果都是闹上一年半载,和电视连续剧一样让人看得大呼过瘾。这是一次左右为难的选题,更是一场逃避不了的决斗。我的男子气咕咕地从脚底升起，充满了全身，胸意难平，拳头微微发抖，像一条困在岸边，气鼓鼓的黄咕鱼。她们家四个人步步紧逼，把我困在草窝窝的门口，拉开了架势，竹竿抽着稻草，一旦我的回答不让人满意，她们就会像抽打油菜籽那样对付我。我明白草窝窝会激起姐姐们的无穷怒火，我用右手食指压住嘴唇，发出一个长长的十字形的嘘声，让她们少安毋躁。我从我妈妈身上继承了平静的遗传，知道文明是从轻声说话、慢慢说话开始的。

我说，姐姐们别急，小末也不用担心名声，我是一个伪娘。

九

我惊人的回答，药翻了所有人。姐姐们默不作声拉着小末要回家，小末一步三回头，疑惑的眼光看了我一遍又一遍。红番茄她可能忘了，带红缨的玉米棒不容易忘记的，顺手一摸，杠杠地斜杵在玉米秆上呢。小末在疑惑，我就着急，骂她，有啥看的，你傻啊！更可怜的是我妈，她关在家里，睡了整整三天三夜，我又不能明说，怕她知道了要去给我平反。可这一平反，小末不就又黑了。我只得暗暗怪妈妈，你也傻啊，这事顺儿子的思路走，就走偏了，儿子常常骗你的。街坊们想想，情况符合我一贯的表现，反而对我妈充满了同情。

我知道我叫小末她们家恶心，也叫街坊邻居们感到腻腥。为了大家胃口好，我想，我这条咸臭鱼应该滚得远一点，越远越好。

在上海的一个居民小区的门房间，它隔壁的一个小房间，我把它租了下来，开了一个裁缝铺。从门卫窄窄的通道进进出出的

上海阿姐及阿姨们用挑剔的眼光扫视着我。可能她们觉得非常奇怪，全上海裁缝铺子遍地都是，所有的裁缝一定是瘸腿的，至少有一条腿不方便走路，才会围着一张小桌子，从早到晚，转来转去。我这个人，年纪轻轻，两条腿不仅完好，还修长挺拔，青蛙一只，怎么会干这个行当。要么是祖传手艺人，裁缝技法了得，但看看我的手艺，只能算是勉强过得去，所以帮我起了一个名号，好脚裁缝。

上海的市面大，单单我所在的那个小区，抵得上我们那里的一百条小街，所以，尽管名气还没有做出来，但陆陆续续总有客人照顾我的生意，日子也就安稳下来了。我的话不多，但有点碎，边抬头招呼客人，还要低头照顾手头。我没有什么不良嗜好，不抽烟，不喝酒。抽烟会不小心烫料作一个洞的，上海人的面料都蛮好，嘴皮子翻得快，我成衣不成，毁衣有余，就是我这个人赔给她，也不够本；喝酒就更不可以了，晚上要倒头就睡的，不可能在深夜时分，剪刀头咔咔两声，然后收工了。

每天早上，上班去的阿姨爷叔，骑着脚踏车，在门口丁零零打一下，他们看到的，一个脸色苍白，左胸口的小标袋口露出半截裁缝粉笔，手里缠着一条细软皮尺，是我，好脚裁缝。

我还是一个小囡，和当年插队到我们那里的小青年相当，思念妈妈也不过分。隔壁门卫有传呼电话，价格不便宜，一分钟三角。我起了一个头，打了第一个电话，告知妈妈这边的号码。妈妈工作的供销社有办公电话，之后，候着办公室没人，妈妈就电话我了。门卫叫我，人也不用出门，我在隔壁听得见：好脚裁缝，电话！回合多了，他们干脆只喊两个字，好脚！我一听，就明白妈妈来电话了。

　　妈妈还是一如既往地相信她的儿子，从来不追问我。但这一次，我接过话筒，喂喂之后，是长长的沉默。事情过去一年多了，不该再让妈妈担心下去，于是我坦白了："我说自己不是男人，妈妈，我是骗你们的。"

　　"这个玩笑开不得的！"

　　妈妈叹了一口气，我听得出，实际上是舒了一口气。

　　"我不牺牲自己，小末就不会清白了！"

　　妈妈吃惊地"啊"了一声。对不起，儿子又出乎你的意料了。

　　"那么，你不喜欢小末什么呢？"

　　说小末骑车露了底，现在提这种事，不是白来了大上海，显得太没有进步了。

　　"都是小事，人小，幼稚吧！"

　　妈妈见有空子可钻，接口说："那你帮我讨一个上海女朋友回来？"

　　妈妈对上海姑娘不了解，才会说这话的。因为经常零距离接触，我对上海姑娘可了解了。上海的姑娘啥都会，描眉，涂口红，自己烫卷发，裁缝，织毛衣，烧几只小菜，裹粽子，包小馄饨，做馒头，说啥啥就会。她们包小馄饨那个叫快啊，五个手指头一捏，一巴掌出三个；馒头尖那个褶子，打得比我的衣褶还漂亮。当然，她们也有不会的，但那不叫不会，而是不值得会——市面上有的是现成的，不需要花费时间自己动手了。总之，我得出的结论是，上海姑娘啥都会，啥都有。这么一想，我小末就啥优势也没有了。所以我看她们都短了一口气，哪敢招惹呢？回过头，仔细想想海桥街的姑娘们，就觉得她们可怜了。她们啥都没

有，还啥都不会做，那是受了农活的苦。农活太累人了，害她们没有时间去学。

我这么胡思乱想着，隔壁喊我了："好脚——"回话的音儿还在身后呢，我已经到了门房间。

"妈妈，我正想你呢！"

"不说我，说小末，"妈妈接着说："小末现在又来我们家了。"

"她还没嫁人？来做啥？"

"送菜。那块地，我还没有去弄过。她说，做女儿的，看看妈妈总是可以的吧！"

这个小赖皮，说话还是这个腔调。

"哦，忘了说了，还没嫁人。"

"年龄还小呢，不应该急着结婚。"

"我的儿子啊，小末也这么说的。"

之后，有关小末的情报，不断地从妈妈的口中输送过来。小末学会做圆子了，小末正儿八经学裁缝啦，反正小末喜欢上女红了。还有，小末在妈妈面前，说话声音轻了。妈妈对大声说话如此反感，我也很好奇，妈妈解释的时候，把爸爸牵了进来。

我爸是一个要求上进的青年。要求上进的青年，说话喜欢大声。看起来，我爸是受了高音喇叭的影响。我爸纠合一些同道，在各种场合辩道理，还和革委会的头头吵了起来，把甩电话机当作是自己有充分理由的证明。他们在办公室大声说话，还嫌不够，就到街上，一帮人对着一帮人，互相喊着，一天到晚吵吵闹闹，争辩不休，最后，被一群人高喊着口号捆绑去了吃官司，理由是我爸破坏革命生产。我爸在监狱里也肯定声音低不了，吃了不少苦头，因为出来的时候已经大声不起来了。我是在我爸死了不久后来到这个世界的。

围墙外的马路越来越热闹了，围墙开了很多口，门店一家家开了出来，有小饭馆，更多的是各种各样的时装店。面对紧迫的形势，我加紧学习，会做夹克、旗袍了，甚至连西装也能凑合拼装起来了，但生意还是在不知不觉中走着下坡路。无论我的生意怎么样，上海的街头越来越漂亮了。人流中，让我眼睛一亮的是，脚踏车里有了女式的，没有横档，轻便型的。上海的女人懂事，我从来没看见有姑娘骑着载重型的，女式车一出来，就流行得像黄浦江那样浩浩荡荡了。我不能忘了我该给小末的歉意。

我挑了一辆最流行的，14寸凤凰自行车。之后，搭妈妈所在的供销社渠道，带回了小街。

门房的传呼电话，又有我的啦。

"妈——"

"我不是妈，是妹！"

听筒里的是小末得意的笑声。

"我很聪明的。我一直在猜，得罪你什么了。思来想去，事情出在脚踏车上，就是那天你跟我翻脸的。"小末的笑声更亮了，"脚踏车是想到了，不过，我只能猜到，大概嫌我的车太旧了。回想想，又不能肯定，所以没有说起。"

"脚踏车怎么啦？"我继续装着糊涂。究起真正的理由，我实在有点难为情。

"你不是嫌我的车旧，而是我骑车的样子难看。现在，你回来看看就知道了，我骑了有多漂亮。"

"我干吗回来？"

"不用担心，我又不是嫁不出去。我们年纪还轻，不做不懂事的事情。"

"那我就放心了。"

我干咳了几下，嘿嘿地乐了。

妈妈知道我搭了裁缝的末班车了，不过，她劝我，上海的裁缝难做，不等于乡下的裁缝也难做。小街还是老样子，没有时装店，大家想穿新衣服了，还是习惯去裁缝铺子。妈妈鼓动我："小末，回来吧。我也要退休了，小末也搭得上手了。我们家开裁缝铺。"

十

我跌跌撞撞回到家的时候，妈妈在等着我。妈妈老了一点，头发没有之前那么浓密了，人也稍微瘦了一点，可脸还是白白净净的，像出水的白萝卜，顶上带新鲜叶子的。可小末不在。妈妈也感到纳闷。我脑子灵着呢，一想就猜到了她在哪里。我出了屋，走在小街上，认识我的人在向我招手问好。我现在没有时间搭理他们。小街没有变，但还是那么长，比我在上海思念它时大了很多很多。我穿过东市梢的小桥，和一直挂着的灯头打了一个招呼，就沿着田野里的土埂往南走。田埂很窄，高高低低的，一不小心就会滑到耕田里。新割了稻子，稻茬还在思念穗子，生气地矗立着。草房子果然还在，不过是换了新的稻草垛的，和上海街头橱窗里的木头小房子一个样。夕阳已经摊了一地，霞光中有一辆脚踏车斜撑着，拖出长长的影子。我知道小末躲在草窝里，盖着门呢。我进了去，顺手合上了口。所以，我看不清小末穿什么衣服，她的脸还是不是红番茄。

"你来了。"

"是的，我能到哪儿去呢?"

草窝窝太小了，而我们都长大了，现在连侧身躺下都很困难。我弓着腰，绕不过自己的念头，又捧起了小末的脚丫:

"味道怎么样?"

小末的脚分明刚洗过的，扑鼻的檀香味儿:

"臭味倒是没有了，陈年的玫瑰腐乳香味喽!"

小末嘤嘤哭了起来:"陈年，还陈年的香味呢。"

"怎么了?"

"我都熟透了，熟得快掉地下了。明白吧，有时候我真想用手指头把自己戳破。我快熟烂了，我等谁啊?"

我嗫嚅着，不知道该如何。我只能用脸去擦她的泪水。小末扭着我的耳朵，说:"我要罚你做三桩事。"

小末差不多把我的耳朵当猪耳朵了。

"我做，不折不扣去做!"

"第一桩，明天上我家，跟我爸妈，还有三个姐姐，去道歉，道歉你骗了她们!"

我点了头。

"第二桩，后天我生日，我罚你做圆子，能做多少就多少，小街上的每一个人家，每家发两个。还得跟人家说，小末的生日圆子。听明白了吧?"

我"喔"了一声。

"第三桩，我要你为自己平反!"

我扑哧一下。这怎么平反?

"马上结婚，马上生孩子！"

我答应了，怎么着？这又不难。

小末把我拉近了，摸着我的脸：

"在上海，你没有学坏吧？"

"上海的女人啥都懂，我害怕！"

"那我呢？我是不是啥都不懂，你就不喜欢我？"

"你啥也不懂，我就可以欺负你啊！"

我咯咯地笑着，弄得小末又有点吃不准了。

"你还是处……处男吗？"

"是不是这个，我还真的不懂。但你可以看得见的。"

小末惊奇起来："怎么看得见？说，长什么样？"

我不知道怎么描述，只能打了一个比方：掰过玉米吧？没褪了包衣的玉米棒，带红缨的，那就是原生态的。

十一

现在的我有了一个孩子，可惜还是男孩。世道还是闹哄哄的，平静不下来，可我不太愿意我的儿子像他老子那样，在男女之间飞来飞去，累还有风险。但小末说，你小末的命好，还不是又男又女？小末说得有道理。

裁缝铺子关了。现在的乡下人，连睡衣都要买成衣的了。睡衣是成衣的名称，之前叫什么名，有没有这种衣服，其实我也不知道。不过，街上的人们过生日比过去更热闹了，圆子是必不可少的。小街上的女人现在更不需要会做什么了，因为市面上都有，还有了一家圆子店。

街上的成衣店越来越多了后，饭店也会多起来。我们那里的人总是在衣着光鲜之后才想起吃得好一点；街上的成衣店即使全部消失了，人们的衣着重新归于灰色，哪怕是这样，饭店不会消失，肚子总归重于面子。当然，那时，裁缝铺子又会开了。

现在，海桥街的人们生孩子或者过生日，他们习惯到一家圆子店，成篮成篮地提了走。馅儿除了豆沙、芝麻外，还多了肉、菜等等，但式样还是老一套，点上红圈圈的，以及更金贵一些的红尖头。依旧，尖头圆子只包芝麻，芝麻也只归尖头圆子。圆子店的生意很好，看起来，还会好很长时间。或许是店名取好了的缘故。当初，小末说，圆子店的名归她，就叫"小末圆子店"。

是我改了一个更好的，"小末圆子坊"。

没办法，她文化不够，我就不和她计较了。

修改于 2022 年 2 月 11 日

硬地海滩

一阵妖风，过后留下了一群吓昏的客人。旅客们边整理思路边整理身体。他们低下头抖着额发，拍着上衣，左右环顾肩前肩后，弯下腰拍打裤腿，跺着鞋子。满地的草叶、树叶、浮尘，泛黄的稻草。他们在啐着泥腥的口水。海边的一个公交终点站，下车刚到的，或者即将上车离开的，突然遭遇了一阵没头没脑的狂风，现在他们还懵懵懂懂，抬头看着天空，晴空万里，云淡风轻。

受了惊吓的人群中，一个躺倒在树根边的男人受到了特殊的关照。一根打折的胳膊支撑着他自己，满脸的灰尘，看不出眼睛是闭的还是开着。有两个五十来岁的女人看他久久没有起来，就蹲下来察看他的伤势。她们拍拍他的长腿，拉拉他的另一根胳膊。看起来没有折胳膊断腿，但他还是什么回应也没有。女人拍拍他的脸，还用手指抹他脸上的灰土，一条条的像猫胡须。那两个女人一边逗笑他一边拉他起来：

"没躺平，活着呢！"

"蛮好的一个小伙子！"

两个女人把男人说得好像马上可以用一样，围观的人群扑哧一下笑出声来了。

男人站了过来。两个女人说的当地话他听得懂，他原本也是这个岛的一个男孩，住在西部，他眯缝着眼，咧嘴苦笑了一下。

"外乡人——皮肤那么白，做生意的还是吃墨水饭的？"

男人只是抬头看了一眼，没有回话。

"面孔像白布条。几天没吃饭了？"

男人还是没有接话，两个女人给了他一瓶矿泉水、两只面包，堆在他的臂弯里，怕滚在地上，放得更妥当了一点。

"来看海滩的吧——算你运气好，要是在海滩，有你好看的了。"那个女人抬头说，"这种妖风，每年都会来一两次，每年都会作死几个渔民。运气好的话，死人留在海滩，家里人能找到。"她兼顾着周围的客人，大声地解释，还指了指东面，意思是那边的海滩。

客人们"嗯嗯"地附和起来，开始庆幸自己的好运气。男人起身把水瓶、面包装进双肩背包里，欠身朝两个女人致了谢，向她们手指的那个方向走。

"喂——不要去，很远的，要走两个小时，到时天都黑了。"

混在人群里的一个男的，对女人的好心规劝瞎起哄：

"别关心啦，人家不给你用的。"

往东有一条机耕路，路面盐白花花，路头蛮宽，渐渐地越来越窄。看男人的步伐，不见跟跄，也没有拖沓，一个四十多岁男人该有的样子。

海滩上有遇难的渔民——对这个一言不发的男人有着特殊的召唤力。

男子走啊走，走到了机耕路的尽头，男人蹚下缓坡，他才明白自己才刚抵达海堤。两头看看，纵贯南北的海堤，带一点圆弧把东海礼貌地推在眼前。堤面高低不一，一丛丛的江芦倾斜不一，缓缓的堤坡连接着海滩，水亮的海丝草驯服地伏在滩涂上，海水刚刚浸没过它们。海面在远处泛着无尽的银光。男子的双腿已经发抖，从汽车站走到这里，用尽了他最后一个小时的力气。这个岛的东海滩不断往东延伸，每年新添一百多米，像一头巨大的泥牛，慢慢抬升它那宽阔的褐色后背。精疲力竭的男子，看着远处发亮的海面。

要是能走到那里，才算真正碰到了海水。正是退潮的时分，海脚还在一步步远离他。

当男子赶到海脚底下，已是傍晚时分。

脚下就是东海了。男子累得瘫倒在地。他回头看，身后的滩涂世俗而热闹，泥浆噗噗作响，海丝草一摊摊趴着，灰中带红的螃蜞举着两根红头火柴棒，在洞穴前进进出出，跳跳鱼抬起没在烂泥里的大头，跳得离他更远一点，又把头藏在泥水里。

眼前的海滩是另外一种意境：空无一人一物，宁静而辽阔。浅黄色的海面匍匐在百米外的远处，瞅着他身后即将落山的太阳。

男子摸了摸身边的泥土，褐色的泥土坚实而洁净，海滩上印满了瓦楞一般的条纹。该是海水进出的身影。涨潮的时候，一步一步地爬上来；落潮的时候，又一级一级地往后退去。

一个硬地海滩。

他脱下鞋子袜子，光脚走在瓦楞般的硬泥海滩上，向海脚走去。硬泥海滩光滑洁净，没有淤泥，没有沙子，没有碎贝壳。他的脚背被冰凉的海水拍打着，脚底心像搓在洗衣板上，他感觉脚底竟然有点酥痒。

男子灰白板结的心思被漾化开了，白布条一般的脸色活泛了起来。小时候他居住的垦地上，开挖了一条新河，那条新河的两岸，陆陆续续建起了居民点。一到夏天，这个独生子就躲着所有人，一个人去那条河里游泳。那条河通着长江，潮来潮往，泥沙化流。他等候着平潮，河面静止了，泥沙慢慢沉淀了下去，河水清净了，他下到河里。小鱼们刺啦啦跃出水面，小水蛇昂着头游来，又转身游去，身后甩着逃跑的之形长尾巴。他试探着河床一步步走向河心，那时的河床和眼下的海滩一样，平实而洁净。后来，两边的居民越来越多，河底的淤泥越来越厚，淤泥里埋着半埋着各种杂七杂八的东西，碎砖头，破了的陶瓷碗，铁皮碗，碎玻璃。有一回他的脚被什么划破了，嘴巴大小的伤口，出了水，伤口流出的血变成殷红色。这个月牙一样的伤口还留在脚背上。从此，他再也不去那条河了。

一路向东的长江把石头扔在身后，生活在这块柔软泥土上的人们又捏造了坚硬的杂物。

男子试探着海床一步步往前走，海床如初一般值得他的信任。起伏的海面越靠越近，海水越来越深，从脚板开始，没过他的小腿肚，快要没到膝盖啦。

远处的一个大嗓门在喝止他：

"喂——你要做什么？喂——赶紧回头走！要涨潮了，听到没有？"

男子转头望向南边。一二百米外的海滩上，一群人正在走来，有六七个人，带头的是一个老人，中间有两个小孩，一男一

女，女孩子要大个两三岁，孩子的妈妈拖在后面的人群里。喊话的男人一头短白发，七十来岁，是一个精壮的老汉。

他看着那群人，停了脚步，忘了再往前走。老汉着急了，向他挥着命令："危险，涨潮了，危险。"

可他还是站着不动。他呆呆在想，他们看起来是一家人。这一家老小，这么晚了还来海滩，他们寻找什么呢？他想到候车站关于翻船、渔民以及死亡的故事了。他看到了老汉的焦急，母亲脸上的悲戚，那两个孩子理应的海滩乐却被摁住了的委屈与无奈。

老汉奔到他的身边，向他挥着有力的手势。或许对着一头不愿离开泥塘的水牛，老汉经常用这种夸张的手势吧。看到他依然无动于衷，老汉高举一根竹棍，比画着要打断他的腿。或许对着不听话的儿孙，老汉也是这样吓唬他们吧。老汉最后跨前一步，揪住双肩背包的一根带子，把他拉拽到浅处。

"你想要作死？啊——别人死，都是万不得已才会死。"

老汉缓了口气，指着脚下的海水说："别看它才刚刚没过脚板，一会儿就会到你的腰眼，小伙子，这是在涨潮。你以为涨潮，潮水会把你推到海滩上。不是的，浪头会把你卷出去，到时想逃都来不及，游泳健将也没卵用！"

只过了这么一小会儿，海水真的没过了膝弯。老汉又拉他离海水远一点。

"跟不跟我走——还犟？孙子——过来，拿绳子给我。"老汉对男孩喊。男孩怔了一下，马上明白了爷爷的意思，从他妈妈的布袋里掏出一根麻绳，奔过来，还帮着爷爷一起，把男子的双手给绑起来了。

这样的活儿，男孩喜欢做。

女孩在一旁看得羡慕，也上前帮忙。

结果是，老汉手里的那根竹竿，由走路用变成了鞭策用的了，男孩在前头拉着绳子拖，女孩在他的身后，用双手推着他的两爿屁股，一手一个。孩子们发出"嘿呦——嘿呦"的号子。

男人更懒了，他愿意被两个小孩伺候着走。

男人想起了一对双胞胎女孩。那时他刚刚工作，下班骑着自行车路过从前的小学，在一个老路口时常碰到她们。她们一看到他来了，就会放下手头玩的野草野花什么的，拔腿追起来，嘴里喊着："臭哥哥——臭哥哥——"够着了，还拉自行车的后座，使劲拉，不让他前行，他也嘿呦嘿呦，装着用力，使劲踩脚踏板，链条嘎嘎作响。等姐妹俩累得上气不接下气了，她们就放手让他走了。

寻亲的一家人因为顺路救了一个人而有了一点儿快乐。而那个男人——即使一心想死的人，碰到这一家人，总该回心转意的吧。

太阳已经落下山头，天色越来越暗了，哗啦来，哗啦去，潮水恬静地游荡在海滩上。人声平息了。一行人，老汉走在头里，中间是男人和两个小孩，绳子不再拉直了，推的力气也不再用劲儿。孩子的妈妈提着男子的一双旅游鞋的鞋带，随末尾跟着。一行人踏着硬泥海滩，往北一路走去。

这一家人正是来海滩寻亲的。今天，老汉的儿子，还有两个外地雇工，他们在这一带的海面捕捞作业。当妖风扬长而去之后，家人再也没有联系上他们。

这一家人的后面，还有四五个人家，他们也是来海滩寻

亲的。

远处的海滩上，隐约搁着一艘渔船。老汉一家人顿时骚动起来，年轻的母亲哭出了声来，两个孩子丢下受着他俩管制的叔叔，他们都加快脚步，然后奔了过去。到达后，他们又停止了哭泣。显然，搁浅的这只渔船并不是他们家的。

老汉往后面的人家望了一眼。

一艘搁浅的渔船坐实了一个判断，海难确实发生了，劫难在所难免。

一家人停止了哭泣，全都闭上了口。男子也严肃起来，不再东歪西倒地需要老汉以及两个孩子的督促了。

当一家人追逐到第三艘小渔船时，他们确定它就是自家的了。十多米长的木制小渔船侧卧在硬泥地上，像一条搁浅的鲸鱼。老汉爬上小船，打开半掩着的对开舱门，里面空无一人。甲板上的盖板滑到了船头，暗舱里的鱼在跃起时撞击着木舱，它们也知道，终于有人找过来了。

终于，一家人放声痛哭了起来。

一家人的恸哭让男子感到不知所措，他有点寂寞了。他围着渔船转了几圈。渔船完好无损，真是一艘结实的好木船。

他拍了拍船帮，噗噗的声音。船帮上水渍未干。老汉走过来，用一个网兜从舱里抄起了一条鱼。男子不认识这是什么鱼。

"这叫青豚。"老汉介绍男子认识这种鱼，"河豚你知道吧。内河里的河豚浅灰色，只有小孩的拳头那么小，但毒性大，很毒。"老汉介绍得很仔细，"你看它，青色的，背上的条纹黑色，像不像青蛙的背脊？河豚洄游到海里，生活在这片海域，它就长得大。它只有在淡水海水交汇的地方才能长得像大青蛙。"老汉停顿了一阵，看了母子他们一眼，"现在它的毒性小了，把它的内脏处理干净，晒干，就可以吃了，合红烧肉特别好吃，脂膏粘唇。是这里的土特产，价格蛮贵的。"

老汉把这条鱼甩进海里。

老汉见媳妇还在抽泣，接着说："抓这种鱼，大的渔船用拖网，我们用插网和三角网。"老汉指着远处的海面上冒出的几节竹竿头，"平潮时段，海滩最浅的时候，挂上渔网的竹竿插在海滩上，三米多深，一排有几十根，百把米宽。涨潮的时候，青豚就落到网里了。"

老汉拉着男子上了船，示意他往船外舀水："大渔船他们在外海抓四个品种的鱼，鲥鲟鲳黄，鲟就是中华鲟，现在不能抓了，青豚只是他们的副产品。我们小渔船相反，主要抓青豚，鲥鲟鲳黄是我们的副产品。"他转到船尾，摸索了一阵，引擎被他启动了。老汉回到甲板，用一块抹布擦拭着手上的油泥，指了指儿媳妇，放低了声调对男子说："我小儿子的媳妇。我还有一个大儿子，不敢做这个行当，半个农民，种田外抓螃蜞、跳鱼，经济条件没小儿子好。"

老汉把抹布扔到甲板上，看到小儿媳已经停止了抽泣，情绪缓和了下来，就招呼他们上船，对男子解释说："高潮还有十分钟到，等潮水涨足了，这条船就能浮起来，到时就可以把它开回家了。"

男子坐在一块跳板上，他们一家人默默地坐着。之前，男子见识了硬泥的海滩。他没有想到，在这片硬实洁净的海滩上，还有他从未听说过的海产、妖风以及海难，他被它们迷住了。海风猎猎，海水滔滔。男孩子可能觉得这位叔叔有点可怜，就移位到

他的身边。女孩子见了，往母亲身上挨得更紧一点，母亲把女儿裹进白色的羽绒服里，她挽住母亲的脖子，帮妈妈擦泪。

"伯伯，不好意思了。"男子终于开口说话了。

老伯嘿地笑了一下："老早就看出你不是哑巴。哑巴哪有你英俊。小伙子你啊，不想说话就不说，以后再说。嗯——"老汉用下巴做了一个示意，意思是，小伙子你以后会好好和他说话的。

"伯伯，我的意思是，我们得找到人……"

"夜里不用找了，不会找到的。这会儿他人在外海呢，说不定明天早潮的时候会回来。"

男子感觉自己的胸口被老汉的回答猛戳了一下。皮肤黝黑的老汉是一个不可思议的人物。他第一次觉得自己的肤色白得有点惨。

"别多想了，想了也没用。你还是跟我回家吧。天黑走滩涂很危险，一不小心会滑到港汊里。港汊里全是淤泥，有一人多深，陷进去就出不来了。跟我回家！懂吗？"

男子若有所思，但没有应答。小男孩拉着他的手臂摇着，小女孩也站起来帮弟弟的忙。

"要么，好的，可以，谢谢！不过，有一个请求，你们看得起我的话，明天请带上我，我们一起找！"

……

涨潮大概到了它的高位时分，小渔船开始晃动起来。小渔船即将浮起来，那是海水、海风以及初升的月亮一起合力把它扶起来的。

2022 年 5 月 16 日

碎叶满树

一

这个世界得罪我了。我又不能说。我就去网上和女人聊天。

"接着昨天说话，好吗？"

"昨天希望有今天能续命。不是吗？"

"我这里子夜，你那里中午。这个点合适吗？你的儿子在读小学，而我的女儿工作了，这个暑期刚上班。"

"哈，猜猜我在哪儿？"

"莫非你不在多伦多？"

"长沙。我的家乡。"

"离得更近了。都能闻到你的香水味儿了。"

"其实，眼下是北极寒带最好的季节。冰天雪地酝酿我十二年了。现在想去温带生活，我回到了长沙。"

"很欣赏你是一个热情的女子。"

"感觉那里的人总比我们热情一些。我们太冷漠。冷漠的背后其实藏着软弱。"

"酷算吗？觉得自己确实有点软弱。"

"女人的口袋里啥都可以装。她只排挤软弱。"

"你说得让我起生理反应了。"

"看起来你在示强。"

"我叫顾念。"

"叫我由里吧。"

现在的顾念再婚不起，这个家伙的婚恋惨到只有事业才有可能带得起来。

我回了县城住，在我父母留下的小房子里。褪色的旧家具迎合了同样暗淡的老伙计。取下了他们的遗照，我受不了父母的端详。小房子是老公房，那种随便什么人都可以随时进出小区的老房子，楼道墙上刷满了搬家公司的黑体字，房间里听得见回收旧货的电喇叭吆喝声。前妻说我，要么去看仓库，要么去做保安，我回到了父母的遗产里做最后的挣扎。在这么一个房子里和这么一个女人谈情说爱，有点罪过。

"由里，你的儿子在长沙读书?"

"是的，顾念。无法忍受国内的教育，尤其是语文课。"

"这个忙我帮得上。广告公司文案是我的职业。小学语文不在话下。"

"先谢啦! 比他生物父亲靠得住。"

"你的前夫怎么你了?"

"一个南美人。买卖仿真枪在美国合法，在加拿大可是犯法。吃不准他究竟知不知道。他做这个生意。反正他逃回南美后就不再回来。那时，约瑟夫他还在吃奶呢。"

"约瑟夫，混血儿，我可喜欢。"

"一个小混蛋。和那个大混蛋一个厌样。你怎么解体的?"

"公司破产了。"

"并非一定是坏事。趁这个机会停下来想一想。"

"由里你蛮有想法。"

"给你一个让我去崇明岛理由的机会。帮我找到你那里的冬泳会。"

倚靠在窗边和由里聊天。上海街头朱红的电话亭，躲在门格子里的人动用了公用电话，路人的多投一眼。小号的老公房是大号的电话亭。

二

约瑟夫先出了浴室。之前，母子两人在一起洗澡。他们刚到这里。由里驾的车，车程十小时，九百公里，一路风尘。约瑟夫全身光溜着，舞着一条浴巾朝我蹦跳过来。一身的水珠还在冒热气，只差短毛狗那般抖身甩水的动作了。我拿过浴巾，帮约瑟夫擦身。约瑟夫身体壮硕，红色的小乳头凸起像奶嘴，髋部长得又高又宽。

"约瑟夫像胡尔克。长大了去踢足球。你这身体，拉不倒撞不翻。"

"对啊，让他在上海读书、踢足球。这个主意好啊。"

由里也出了浴室。她在拿浴巾擦身。

约瑟夫尖叫了起来："不许看我的妈妈。"说着，两只小手蒙住了我的眼睛。

"不好意思不好意思，我没有意识到有男人存在。"由里闪到了门后，"习惯了和约瑟夫两个人生活。不过约瑟夫现在长大了。

厕所的女伴也要约瑟夫出去。"只是匆忙戴上短裤，由里边走边说，"国内担心拐卖儿童，西人害怕娈童。"

由里身材很好，小肚子那里微微隆起，和她的脸蛋一样饱满而富有光泽。由里喜欢冬泳，该不会还热衷裸泳？这让人恼怒。

话题转到晚饭该怎么吃。这第一顿饭，我很想为她们母子做。所以最终的决定是上菜场买菜。两个小时后，四菜一汤摆上餐桌，卖相很好。红烧鲫鱼、炒青菜、白斩鸡、水芹炒豆干，外加冬瓜排骨汤。

三个人围坐好了，由里对我笑了一下："不好意思。"做起了餐前祈祷。

"感谢主啊，赐给我们如此丰盛的晚餐。阿门。"

我看着，也不自觉地合起双掌，就差在胸前画十字了。

"约瑟夫，说感谢叔叔为我们做了这么好吃的晚饭。"

"谢谢叔叔。"

"回到中国就有好吃的。在加拿大，大家吃的都很简单，有鸡蛋、牛奶、面包、土豆什么的就可以了。"

约瑟夫的安静听话，是有主在罩着。马上他就不听话了。白斩鸡他不吃，他习惯红烧的。鲫鱼也不想吃，小骨头太多了。他习惯吃大海鲜。

母子的同浴吓了我一跳。我缓过神来了。我也得回敬她们一个玩笑。

"约瑟夫你不吃鲫鱼正好。我本来还不想给你吃呢。"

"啊，为什么？"

"鲫鱼什么最好吃？鱼籽啊。"

我用筷子扒开鱼肚子，指着金黄色的鱼籽说：

"因为鱼籽特别好吃，大人就撒了一个慌。大人说，小孩子不能吃鱼籽，吃了鱼籽要变傻瓜的。"

约瑟夫搞不懂了，一脸的疑惑。

"不信的话，你尝一下味道，到底好不好吃？"

小家伙用手指抓了几粒鱼籽，放鼻子底下嗅了嗅，再放到舌尖上试着尝味儿，最后放心嚼起来。

由里示意我别笑。约瑟夫分了心容易被鱼骨刺。

"他喜欢小动物。这是小狗的吃相。"

"你看我开心得像不像一个外公？"

三

一只不知从谁家逃出来的画眉儿得了人性，它是窗外那片小树林里担有责任的头鸟。夜色里藏着的全是它的听众。时点儿太早，凌晨四点吧。不过，我谅解它。

十来分钟之后，那十来棵树好似住满了年轻人，手忙脚乱着起床、洗漱、出工。麻雀的叽叽喳喳声比起它们不起眼的外形，显眼得多。它们飞走之后，白头翁填补麻雀离场之后的空缺。白头翁叽叽呱呱说个不停，尽管不太情愿，但最终还是出工去了。布谷鸟接管了这最后的剧场，它们嗓音洪亮，引起了远处的回声。

按着个子大小的伦常，鸟儿们一拨拨陆续外出觅食去了。

我推了推身边的由里。她似醒非醒。高处的床面上，约瑟夫还睡得很好。

"你说，那只麻雀的叫声是什么？"

这么无厘头的突然提问，由里自然回答不了。她哼哈了一下。

"啁啾。"

"啊——"

"啁啾是专为麻雀定制的象声词。你听，那只留守的麻雀的啁啾，是不是像一场热闹之后的空虚？"

"我可睡得很好，多年以来缺的扎实。"

"怪不得如人们所说的，女人离开男人也能生活。"

"不是的。我常常自慰。你呢？男人离开女人是要死的吗？"

"不是的。不过，脑子里得常常想着一个美好的女人。有一个美好的女人在眼前等着，你就不会去做豁边的事。"

"真的是这样吗？我不会介意那种状况的。"

"换个话题吧。我们彼此打个分吧。由里你九十分。"

"顾念的话，六十分吧。"她抬身看看我，"生气吗？是你要我打分的。"

"卡洛斯身高多少？"

"一米八五。"

"他长得很帅？"

"南美人。西班牙后裔。排箫吹得很好。他是一个流浪艺人。"

"他几分？"

"不及格。"

早晨是夏季的一天中最好的时辰。

"我们该不该起床？六点多了。"

我载着由里、约瑟夫兜了崇明岛一个圈回来时，太阳落山了。乡下的天际线是远处的树梢以及田野。遗憾的是，约瑟夫从长沙带来的那只母鸡被热死了。连鸡笼一起搬家过来的，本想着能吃到新鲜的鸡蛋。鸡笼放在后备厢里，中途还遛过两回。那是一只浑身长着黑色羽毛的新母鸡，身体很好，早晨还贡献了一只蛋呢。约瑟夫马上要落泪了。摸着母鸡，身体还温暖的，我想放血还来得及，不然连红烧都不好吃。我把约瑟夫支走，让他去楼下的小树林里找小狗玩。

厨房很狭窄，小餐桌的一条边靠了墙，这样才能容得了人走进走出；拉出椅子，还能坐人。一路兴奋得有点过头的由里见我动刀，赶紧站起来教我说，鸡啊鸡啊你莫怪，你本是人间一道菜。

"乡下的崇明漂亮吗？"

"漂亮，还很特别。"

"说说？"

"不管是马路还是田间小道，都很整洁。干净得像城市。"

"应该是有人专门清扫的。"

"行道树也特别。笔直的水杉树，很高，像卫兵列队致敬。"

"以前可都是歪脖子的苦楝树。一到夏天，刺毛虫从头顶上掉路上一地，刺毛蜇了，痛一天。"

"为了培育一个生态岛，政府可用了心思。"

"谢谢你夸奖我的家乡。"

"可别急着得意。你的家乡只是一个农村……路上没有红男绿女，民居很漂亮，但窗口没有挂上亮丽的窗帘，窗台、阳台上

没有种上鲜花……崇明只是乏味的农村，而不是一个人文的乡村。"

"你点出了问题所在。留在农村的都是老人。"

鸡肉暗淡，这是没有净血的缘故。即使用来红烧也是不及格的食材。

"这就是机会所在。我们可以做民宿。"

"民宿是当地政府鼓励的产业。可它有硬条件，中央供暖，还要有地暖。那需要一笔投资。"

"我知道你没钱。同样，你也应该猜到我有投资的意象。"

由里从桌上随便放着的包里找出一张银行卡。

"这张卡里的一百万人民币用来投资。密码我写给你。你拿着。我给你，其实就是给你一个信心。"

"我感谢你的好意，但我不能收下。放在你那里，也是信心。"

"其实，它还是一件信物。收下吧。"由里正色说，"不能简单说，让孔乙己脱下长衫。要孔乙己脱下长衫的前提，你得给他一件别的衣服。"

由里见我拿着死鸡看着她在发呆，她提议，把它处理好了给流浪猫狗吃。她说她吃不下它。

四

冬泳会的微信群是夏日午后的一塘池水。一个网名叫红雪的女人冒出水面，她打了一个哈欠，拉伸着懒腰说，妇幼保健院一个生小团的女人都没有，有去游泳的人吗？

大约有十来个群友回应说去。

由里笑出了眼泪。她说，她都嫌生一个孩子不过瘾。现在的女人怎么了，男人去干吗了。她说她去。

池塘因为来了一只新燕而一下子热闹起来。每一个群员都出来打招呼，欢迎一位来自北美的美女加盟。由里回应各位，忙得脸色通红。

我来回刷了一遍。三十多个同好，女性有六个。自信的人挂头像，含蓄一点的挂风景。由里算最漂亮。

今天是由里第一回在协会出场。回应的人渐渐多了起来。今天去游泳的人更多了。

红雪感叹，本土的不香了。

马上登场冬泳会了。由里拉我去潋湾勘场。

从县城往东过来，走约莫三公里，这里是南北流向的老潋河。老潋河的始态是滥觞的港汊，陆地与长江在这里没有节制地你来我往。后来，人们在这里建了一个水闸，这段河面就成了潋湾。水闸的大铁门按着潮汐一天开四次。还有例外，闸外的咸潮来了，闸门落下去，直到咸潮远去；闸内的雨水泛滥了，闸门拉起来，直到河岸露出水面。

顾念土生土长，对潮汐的感觉犹如对日出和日落。由里听得入了迷，站在水闸的桥面上，踮起脚尖往下看着黑色斑驳的大铁门。

潋湾的水面有五十来米宽。水位线上是长长的缓坡。过于勤劳的农民在缓坡上精耕细作，种上了庄稼。眼下，一行行的桔梗上，青蚕豆已经陆续被主人采摘回了家。这茬过后，就该播种麦

子了。缓坡落脚处的蚕秸秆根上，印着黑色的水迹，那是出乎寻常的高潮留下的刻痕。蚕豆梗蔓延到高高的岸上。岸的里头，植物由庄稼换成了蔬菜。对待自家菜碗，农户们更加用心，番茄苗扶着芦苇秆向高处爬，放肆的豌豆藤有恃无恐，向周边无限蔓延。夏日的空气含着满口青涩的番茄酸味。

太阳西下了，闸门合上了。水流停止了脚步，水面平静，泥沙开始慢慢沉淀，黄色的河面渐渐变青。溦湾开始热闹起来。三艘单人划艇开始竞走，岸上的教练骑着自行车，边掐着秒表边对小队员吆喝。鹅毛羽翅管做的白色浮漂盘在水面，它们不再随流漂移，钓手们安静地等待着鱼儿来咬钩，他们相隔不远，看不见临座浮标的动静，但能看得清他们脸上的表情。农户们拎着水桶，从溦湾里汲上水，再提着水桶上岸，给疯长了一天的蔬菜续水。

由里也没闲着。她拿着手机不停地拍照。

岸上陆续驻停了十几辆轿车。那是冬泳队员集合了。

我在岸上看着亲水平台。木制的平台上聚集了冬泳同好者。他们大声地招呼着，应该是红雪吧，她热情地拉着由里和每一个人认面。男队员拉得游泳裤上的松紧带啪啪作响，热情从白白胖胖的胴体上挥发过来。招呼过后，男队员摸着平台的栏杆，陆续下水。由里扯起一张大浴巾，围住她自己。一通操作后，由里换上了泳衣，用浴巾包住自己的内外衣，示意让我拿去。

由里脱得只剩下泳衣。她着衣的身姿更优美。短发，灰色的连帽防晒上衣，黑色的塑崩九分裤，小白慢跑鞋。一头招手即来的小海豚。

由里的腰肢上系着一个救生球，跟小孩玩的气球一个样，她亲热地称它跟屁虫。

水面是热闹的，冬泳者的游泳安静极了。他们各自游着，默不作声。由里最入眼。像一条银光闪闪的海豚，由里在水面上游啊游。

滧湾的两头各有一座桥，相距大约一里。桥高高的，桥下黑黑的。由里他们游到这一头，折回，游到那一头。看不出累，保持着一样的速度，不急不忙，专注安静。

我出神地看着。心想，假如天色没有黑下来，由里他们会穿过北边的那座桥，消失在你看不见的远处。

我例行拿着由里的内外衣，它们刚刚被泳衣置换下来，柔软的，滑腻的，体温还没有散去。灰色的防晒上衣，黑色的塑崩九分裤。由里的塑崩九分裤有好几条，黑色的多，还有黄色红色，它们被由里挑选换着穿。由里最喜欢黑色的，由里穿上它有多漂亮，你闭眼就能看到。

有一个网名大鱼的大个子站在水里，朝我吹了一个口哨：

"由里的男朋友，你也下来吧。"

"我不会划水，也不会踩水，只会打水。"

发现自己把由里的衣服攥了一把，揽进胸口。

"哈——那你到岸边打水，那里有芦苇。"

这句话的含义，不是本地人不会听懂。把着芦苇打脚水，嘲笑人胆小怕事。

大鱼说得对。我不想回怼。我只是朝他笑了笑。

"现在的年轻人听不懂。"

由里从亲水平台回到岸上，对我说好话：

"搞体育的不像其他人，说话直，嗓门大，更有侵略性。别介意。"

大个子的大鱼体重在一百公斤以上吧，不见显眼的肌肉，但浑身活泛，白白的皮囊里好像潜伏了一头不安分的章鱼。他的头发倒是和他六十多岁的年龄吻合，开始花白飘化起来。他扎了一个马尾巴。可以想象这头密发在年轻时该多沉手。大鱼的存在感很强。女人会不会把存在感转化为压迫感呢？她们更喜欢来自男性的压迫感。

"我很好奇。"我低声问由里，"你打我六十分，是不是有我身高的份？"我身高一米七零。

由里咯咯地笑了起来："有——有。"由里还在笑："你不仅矮，而且还瘦。"

红雪凑上来说，他们那种身材叫冬游体型。一开始并不如此，可能和你现在的白斩鸡样子差不多。你想啊，像你这种体型，能冬泳吗？大冬天一下水，就冻僵了。"趁现在天热，你开始下水，过了这个冬天，你就会有一身的活肉。"

河滩上聚集了二十来个冬泳群友。一个个身上只剩下泳衣，直挺挺的身个儿像一根根圆柱体。我在圆柱体头寸的那个部位用刀剜一圈，能很方便塑型出个人头。

由里怂恿我下水。有一个男队员接口推我，说他的包包里有一套新装备，要我拿着用。

那套新装备有泳裤、泳帽、护目镜。也有一个跟屁虫。

重新上岸后，我抹掉寒毛上薄薄的水垢。

大鱼凑过来说："你会游啊。这么含蓄。"

"在野河里游泳，要被我爸打死的。"

懒得和大鱼解释。懒得向这个世界展示，这个世界得罪我了。谁爱表现就表现去，这并不是一件坏事。

我没忘记找出由里的内外衣塞进她从浴巾里伸出的手里。

"由里，别偷偷出来游泳。我有一个土法查验的。"

小时候偷着去河里游泳身上也会附着黄泥沙。干身后，用手指一划，皮肤上会有一个白条。这招被父母用来查验我是否偷泳了，很灵验。

由里咯咯地笑了起来。

这里的河滩是一个舞台，更衣从幕后移前，观众的视线从幕前移到后台。她是㳠湾里的一个魅惑。

河岸上站着不少观众，他们前来观赏冬泳队员。不过，现在有了由里，观摩从夏季开始。

五

在水里，由里可以甩我到天边。她比我游得快，比我游得远。在㳠湾的范围内兜，我可以踩着水伸长了脖子，水怪一样找到目标。但由里她终于穿过那座半圆形的桥窿，往北游去。

所幸走路永远比游泳来得快。

我在岸上慢吞吞地走。遇到跨不过的沟渠或者小河，得去远处的小桥兜。由里大口大口地吐着水，吭哧吭哧。我耐心等她追上来。

"前面有一条水蛇。你怕不怕?"

由里停下来，踩着水。

由里她用一只单手拍着水面。"喔嘘——喔嘘——"

由里放大嗓门问我：

"吓跑了吗？"

"游走了，你确定吗？"

"确定。它游到岸边去了。"水蛇游水的姿态很特别，摆游，人类无法学的。有点美，也有点瘆。

"回去吧？"

"再游一段。"

"现在掉头的话，我下水陪你！"

"太远了，你游不回去的。"

回头望去，潋河两岸的青色芦苇已经合拢，外面有潋湾。

"你游你的，我在这里等。"

"好吧。随你。"

两三百米外的由里在向我挥手。草色太深，隐隐约约望得见她的影子。

"快过来。顾念，你快过来——"

由里真的碰到什么水怪了吧。我拔腿奔去。

由里站在潋湾的一条支流河的岸上。小河里驻了一条水泥船。那是一个被淘汰后的废弃物，船上住着一户人家。

那条船有十多米长，三四米宽。船尾动力装置的位置上搭建了一个小棚；船体上的房子用泥砖砌成，外墙刷了粗粝的水泥，有烟囱；船头保留了一个船舱，周边晾晒着渔网；隐约可见捕鱼的地笼在船下的水里；墨绿的蕰藻长成了云团一样的模样，一簇簇，多漂亮的一个大号水族馆。

河岸和船由一块长跳板连接。船主是一对老年夫妻，他们立在门口，好奇地看着由里。

"不好意思，打搅了。我们可以过来吗？"由里指了指木制跳板。

另加了两个成年人，船体有一些倾斜。我和由里分开，分路去寻宝，而后到船头聚合。

船尾的小棚子里堆满了农具。簸箕里还有灰白的新土，铁锄头亮闪闪的。

小房子的两边各有一扇小窗，盖口的不是玻璃，而是一块五夹板。房门开不大，后面顶着一张小木桌。桌上的铝制锅子里盛着鱼菜，散出鱼腥的咸鲜味。靠里摆一张木制床，够两个人睡。

"大小便怎么办？我没看到厕所。"

由里问老太。老汉指了指岸上：

"那个棚子就是厕所。"

老汉脸色红润，精神很好。他担心我们误解：

"我们不是无家可归。那个房子是我的。"

岸边有一个民居，两间房子。房子修葺了没多长时间，整洁的灰白外墙，平展的红色房顶。

"你是渔民吗？好好的房子，为什么不住？"

"房子归我儿子的。就这个儿子，独生子。好好的一个小伙子，就是没人愿意嫁我们家。"

"你儿子平时住在这个房子里？"我问。

"他在上海打工，一年回来一两次。"

"你把自己所有的老旧东西都撤到船上去了？新房子只用来娶媳妇了？"

"是的。"

我眼泪快要掉出来了。我看了一眼由里。

"能告诉我你儿子多大了?"

"刚出三十。"

"哦,还年轻。"

由里看了我一眼。我替由里遗憾,又感觉自己有点不着边际。

由里把十几张照片发到群里,惊呼说,她发现了岛上最美的民居。她问群里,有谁能写篇文章,它一定能感动全社会。她最后喊,顾念还是你写吧。

由里在有意抬举我呢。

冬泳群沸腾起来。有人说,最美的民居被一双最美的眼睛发现了。有人接着造句,最美的民居被一个最美的心灵发现了。

有人提出反对:

"不能传播出去。要是被河道管理部门发现了,要被清理掉的。"

"一个隐秘的角落,一个被掩盖的人性美,一个最美的人文景点。"

冒出一个准确的群友来了,他说:

"我是水利局的。我发誓,绝对不会清理这户水上人家,永远。"

六

大鱼给了由里和我一个难于拒绝的帮助。有一处民居很适合打造成民宿。它的主人是一个冬泳队员，她七十多了，难得来现场。不过群里有她，叫菜苗苗。这会儿，大鱼正凑给由里看她群里的头像。我驾车，他们两个合坐在后排。我闻到了荷尔蒙的味道，它可真臭。

菜苗苗好像姓顾，忘记叫什么名了。退休前在县供销社做。

他们冬泳队员几乎全部来自吃皇粮单位。警察、教师，或者，一个小官员。其中的原因可以想到。大鱼是体育局的，倒是和眼下的身份蛮般配的。

我们从东往西，沿着一条岸堤走。小车被田野淹没了。左手外是绿油油的麦田，右边是堤岸，笨拙的小车在一条水泥浇制的机耕路上突行，车子两肩被玉米和蚕豆的枝叶反反复复拭擦。我都有点埋怨领路人了，可由里却开心得要死。

"那条堤岸叫黄岸。"大鱼开始解说了。

"是黄色的黄，还是皇帝的皇？"我问。

我能感觉到大鱼被问住了，他停顿了一下说："黄色的黄。堤岸的土是黄色的。"

我把车子驻停，招呼各位下车。

"皇帝的皇。连年潮灾，清朝的一个皇帝怜恤崇明人，开恩筑了这条堤岸。"

潋湾的外面是南长江，皇岸的外面是北长江。听我爸讲，在他小时候，堤岸外面的江水里出没江猪，黑色的头背，油亮光滑。我知道，那是江豚；我估摸，那是二十世纪的五〇年代初。

眼下，离那时也不过是六十来年，江滩早已成了一望无际的垦原，北长江往后退到天际线了。

农作物从坍塌的岸背到岸腰，一直生长到堤脚，抵上车子的

轮毂。皇岸成了形而上的参照物。

由里、大鱼又疑惑又佩服。

"我祖父家住这条江堤脚,我的一个姑妈也是。小时候我爸领我去那里。"

泥路变水泥路了。之前长满马绊草,路面像是铺展开了的一张旧渔网。马绊草的心思其实简单,却为此在泥土里植入网眼那么多的心机。清明节前后,土地将绿色注入马绊草,生机从根部开始漫灌到枝叶。整个夏天,枝繁叶茂的马绊草忙着拓展疆域,繁衍子孙,还有雏菊的陪伴。娇小的雏菊在马绊草的指缝间流连,早春时过来,晚秋时离去。花是女孩,草是儿郎。牧羊的小伙伴们比试,谁挑选的草茎更吃力道,以此决定谁来承担未来。草地是那样低矮,以至于蚱蜢的身影也掩藏不了;草地是那样显浅,连蚯蚓拱起的泥路也一目了然。一阵风吹来,枝叶悸动,尘土扬起,在盘根错节之间盘旋。那是一块浅草地。

"你们猜猜,这里的路面为什么长满了马绊草?"

"你就别卖关子了,专家!"

"从前的这里,那可是一块大坟地。"

坟地不像墓地有围墙,有专人打理看管。它不收钱,不管什么人死了都可以往里边送。一开始的坟地都离人家很远很远,就这样一点一点地朝活着的人家靠拢过来。坟地周边,远远能望到几棵东歪西倒的槐树。里面就是世界上最荒凉的土地了。谁也不会轻易踏进那个地界,连小路也绕着走。想知道那里什么草最多?马绊草。

马绊草是能把一头马绊住停下来的草。这是要主人下马点香烧纸呢。

没想到约瑟夫会冒出这么一句话来：

"乡下的鬼特别多。城市里当然也有鬼，但统统被路灯赶到乡下去了。"

之后，一路上，我是说够了不说，大鱼和由里他们也不再开口。

所有的车窗玻璃都摇到了底儿。满鼻子的青枝味儿，那是咀嚼青草，牛羊嘴角的绿色流涎味道。

七

大鱼领我们去的宅子我小时候去过。菜苗苗就是我的那个姑妈。姑妈和大鱼很熟。我一改市区的口音，用略显生疏的家乡话和姑妈打招呼。她认出了我这个远房侄子。现在，主角由大鱼变成了我。

"你是哪家的小丫头？"

姑妈的问话像是拐过了几道弯，拖了长长的抖音。

小丫头的称呼是这里的长辈对着小辈说的，不分男女。

"小美姑妈，我，我是顾生九的儿子。还记得念念吧？"

"怎么不记得？生九的儿子念念啊。"

姑妈冬泳体型，脸容却清癯，褐色的眼睛笑眯眯的。记忆中的短发挽成了发髻，梳拢得紧密而滑亮。本白大胸襟单衣穿得端庄而有致，单衣的领口腋下及背上没有了年轻时的汗渍。

"你的爸爸还好吗？"

小美姑妈的关系离我家有点远了，没去报丧。

"爸爸前年走了，"我歉疚地说，"当时手忙脚乱，疏漏了姑

妈。是我做小辈的不是。"

姑妈很平静，也没有责怪的意思。

"你爸爸比我只大了三岁，不算高寿，怕是得了什么重病吧。"

"是的。得的是肺癌。没有办法挽救，去了很多医院。"

"哎——"姑妈长叹一声，"记得我关照过他戒烟的。"姑妈失望地说，"他和我离得远，恐怕将来不会碰着的。"

这里的风俗，故世的亲属在大殓的当天聚拢一次，称为"会亲饭"，意思是新来的亲眷，麻烦大家以后多多关照。以后每一年的忌日，做儿子的定规，是要烧一桌菜，招待那一批亲眷。聚会的亲眷须同宗同姓，外姓的姑妈不在邀请之列。

小美姑妈仔细地端详着我：

"像透了你的爸爸。"姑妈停顿了一会儿，说，"你们顾家的男人，一肚皮儿子的种。你奶奶说过，即使顾家生的小羊，也是公的多。"

说起了公羊的话题，姑妈可能想起了当年的夸张滑稽，禁不住笑了起来。

"我和你爸爸也相像。"姑妈有点不好意思，摸了一下脑后的发髻。

"现在因为独生子女居多，表兄妹的关系更加亲密了。"我说。

"在上海工作吧？"我点了点头。大学毕业后，我一直在市区工作生活。

"看上去也不长肉。"

我摸摸自己的脸，确实没什么肉。不是饿的，而是愁出来的。

我八岁时，父亲带我去奔丧，来的就是这个姑妈家。父亲嘱咐我称呼她姑妈，还要我在姑妈前加小美两个字。小美，应该是姑妈的小名。

小美姑妈的女儿死了，年龄比我来得小。父亲告诉我这个小表妹长得标致，四方的邻舍都叫她小白猫。小表妹过了夏天就要上学了。据说，小白猫站在宅沟沿捞水，捞的可能是小鱼，也可能是正在点水的蜻蜓，更有可能是鸭子爱吃的绿浮萍。

湿滑的沟沿把表妹引入了水里。当落水的表妹明白自己已经无力出水以后，她肯定会呼叫姑妈或者姑父的，他们就在前院，十多米的距离，隔着这排瓦房。表妹的呼唤他们应该听到，知了也应该明白自己的聒噪不合时宜，识相地后撤很远。那是一个寂寥的夏天的下午，农村人都在睡午觉。

几只鸭子，它们目睹了刚才的大祸，停在水面扑翅膀，嘎嘎地叫鬼。

死了的小表妹搁在公堂屋。公堂屋的门板被卸了下来，小表妹就睡在这块硬邦邦的门板上，头旁边放了一只水盆。那是表妹平日洗脸用的铜质小脸盆，礼帽般大小，闪着亡灵的幽光。水盆里有十来条小鱼。鱼儿还是苗苗，蝌蚪一般大小，通体透明，黑色的大眼睛又明又亮。表妹落了水，惊慌中丢了自己的灵魂，却被小鱼吃了。为了不让表妹孤独，需要它们和表妹合葬在一起。

小表妹，她的一只手突然伸过来，穿过大人的腿间，点了一下我的额头。

由里并不知道这些。由里高兴老宅的一切。U 型的宅沟，宅沟后的竹林，黑瓦灰墙的房子，特别是那棵香樟树，让她感叹不已。她拉上我和约瑟夫的手合围，发现即使一家三口人也抱不了它进怀里。

当年我的小表妹出生时，无比满意的主人在宅前往泥里栽下了一根枝条。小樟树长到一米多高的地方就早早分叉出三根支权。树根周边没有杂树，不见杂草。根基所在的地势在目所能及的范围内是最高的。显然的优势让它独得了阳光、雨水以及瑞风。

由里忙着拍照晒朋友圈。

"碎叶满树，四季常青。香樟树就是一个地理标志。我们可以这样设计，在香樟树的分叉上搭一间树屋。还可以这样设计，每一个客人都可以在树上挂一个风铃。对了，我们还可以做樟木工艺品，食盒，衣物箱，人偶。"

创意随着由里高涨的情绪不断地跳出来：

"我们的民宿就取名'香樟院'。"

由里对我的姑妈也是赞誉不断，称赞她安静的性格、洁净的外表、矫健的步态。

"姑妈，你平时做什么呢？"一个罕见人迹的孤宅，一个孤身老太太的日常起居生活确实令人好奇。

"丫头，我靠卖秧苗过日子的。"

"秧苗？是麦苗、稻秧吗？"姑妈笑着说："麦苗稻秧是一棵也卖不出去的。我卖的是菜苗，番茄苗，茄子苗，豇豆苗，甜芦粟苗，什么季节种什么了，就卖什么苗，退休后一直这么做。"

"那些菜苗都是自己种的吗？"

"是的。种菜苗省力，铜钿多赚一点，人也干净。"说罢，姑妈伸出两只手，"丫头你看看，我的手指缝里有龌龊吗？"

姑妈平时在劳作什么我并不知道。听这么一说，对老太太的怜爱更多了一份。

"仙姑啊仙姑。"由里的自言自语表明，我的小美姑妈完全颠覆了她对村姑的认知。

见由里如此的感叹，我指着她满手的泥巴："由里，你看你自己哦，完完全全的村姑一个。"

刚从田头采摘的蔬菜排放在由里挎着的菜篮子里，满了。

几个大人过分地沉浸了，由里突然发现约瑟夫不见了。

小赤佬从后院奔过来，一路喊着："妈妈妈妈，我发现一个秘密，一个秘密。"

跑到我们眼前，约瑟夫已是喘得不行。

"妈妈，沟的北边，有一个小房子，漂亮的小房子。"约瑟夫比画了自己的高度。

"妈妈我领你去。"

由里的眼光转向姑妈。姑妈正色说：

"那个小房子不能进去的，里面睡一只小白猫，陌生人去了会吓着宝宝的。"

八

早晨，我们一家人刚起床，轮着用厕、刷牙、洗脸。空间真小，人贴着人呢！

　　"约瑟夫，约瑟夫，你爸爸视频来了。"

　　由里大声叫唤着。

　　约瑟夫慢吞吞走过来。

　　"嗨，儿子，生日快乐!"

　　"快回啊，爸爸祝你生日快乐呢!"

　　由里拉了一把约瑟夫进了镜头。

　　"爸爸，你拿什么祝贺我的生日呢?"

　　由里把手机调转对着天花板，小声斥责儿子:

　　"约瑟夫，你不可以这样对你的父亲说话。太不礼貌了。"

　　"卡洛斯，对不起，儿子还不懂事!"

　　"可他又长高了!"卡洛斯惊呼说。

　　"是的，又长高了。约瑟夫长得越大，越像你。一个猪样。"

　　卡洛斯嘿嘿地笑了起来。

　　我瞥见了卡洛斯。一个大胖子，脸容有一些臃肿。

　　"约瑟夫，你把猫叫狗叫学给你爸爸看。"

　　约瑟夫把嘴唇撮成一个小圈圈，调试了几下舌头，开始学猫叫、狗叫。

　　模仿的是小猫、小狗的轻声叫唤。

　　"卡洛斯，别笑。还有更开心的。"

　　由里说了"香樟院"。

　　"卡洛斯，你现在有工作吗?"

　　卡洛斯摇了摇头。

　　"别担心。你可以到我的香樟院来，你表演排箫。你还吹'寂静之声'吗?那一定很吸引人。"

　　"你来崇明，该不是为前任找工作的吧?"

由里看了我一眼："难道你不知道体面的工作对一个男人来说有多重要吗？"

她揽我的头进镜头，提高了音量："卡洛斯，这是我的丈夫。你看他是不是很酷？"

由里捏我的肉。她让我更礼貌一点。

卡洛斯呆呆地看着我，神情像极了约瑟夫在写作业。

由里关了视频，掉头对我说：

"卡洛斯跟我回过一次国，那时还没有约瑟夫呢。"

"早上睡懒觉。我和卡洛斯都没起床。我哥来了。他气得踢我们的房门。把卡洛斯给吓得。"

她哥生气踢房门的缘故我明白。一个大个子外国人在睡他妹，能不叫人愤怒？

可由里并不这么认为。她咯咯地笑着说，她哥在长沙，此后，卡洛斯再不敢睡懒觉了，他担心自己会和大舅子动手。

由里说，她会用西班牙语唱《深情的吻》，跟卡洛斯学的：如果决定忘记你，爱过的一切，让我用深情的吻向过去告别……

我对由里说，我明白歌词的意思，别仇恨自己过去的爱人。

九

冬泳会的微信群在睡午觉。大鱼把"香樟院"古朴的民居风吹了进来，群友陆续醒来，一个接一个地发出贺喜。

夏日里的短暂午觉，应该是世上最知足的睡眠。

父亲把两张长条凳合并起来做临时的床板，我睡春凳。又长又宽的春凳足够我翻身做梦。尽开的前后门，用来享受掠过的穿

171

堂风。

以前我没有这样的认识。是由里完美的民宿风染晕了我。

大鱼又发布了姑妈与侄子的故事。群友纷纷惊叹冬泳群的神奇。

更有群友替香樟院贴一个副名，冬泳之家。大家感叹，流浪的冬泳者终于有了自己的家。

"夏小虫"是现役法官，他问由里，民居是租还是买？

由里说，买。

"为什么买，而不考虑租？"

"民宿是一种生活方式，你靠它赚钱，悬。租房最可能的结果是，房租到期，民宿的设备就是你投资的所有收益。即使你能搬走这些二手货，能卖几个钱？买了宅基地的话，至少还有土地升值的空间可期。"

大家纷纷点赞由里的境界和精明。

夏小虫提醒由里，在中国，农村宅基地的买卖不受法律保护。

夏日午后孤独的一只蝈蝈，这只夏小虫。

"话这么和你说吧由里，假如你真的很有钱，不在乎政策风险，你就去买吧，政府禁止城里人到农村买宅基地。即使买卖成交了，宅基地证的权利人也不能更改。这意味着合同能不能最终得以顺利履行，还得看原房东的'觉悟'。但现在禁止，并不意味着以后一直会禁止。假如运气好的话，现在买了宅基地的人，既享受了眼下的田园生活，还拥有土地日后巨大的升值空间。说穿了，这是灰色交易，没有法律的保障。"

大鱼凑了上来："由里，你要慎重考虑。很抱歉，我之前没有想周到。"

话又被夏小虫说回来了。他比大鱼考虑得更周到。

"但天下总有敢吃螃蟹的人。他们另外设计了一个借款合同，比如说实际价格是一百万，借款合同上说的是房东借款五百万。这样的话，假如房东悔约，坚持要求房子是他的，那么，意味着房东要归还买家五百万的借款。眼下只能用这样的办法制约房东。还有更做到家的，在中介的监督下，买主拿出五百万转到房东的银行卡里，房东提现后再还给买主，做实借款的证据链。"

夏法官的建议专业又实用。我也出手点赞了他。

由里发言了：

"不可思议，明明白白的一桩生意怎么会弄成这么地下？该不是回到血亲年代了吧？"

由里很无奈："只能放弃。明知有风险还去干，只有傻瓜才会那样。"不过，由里拖了一句，"各位，有什么好的建议，请私聊。"

小美姑妈迟迟没有露面。她老了。对于身外，老人不需要敏捷。

看来，并非自己无聊，而是这个世界无聊。无聊透了。

一阵穿堂风吹过。我抬眼望了望。卧室里的由里回头，也在看着我。有话要说，又觉得没有必要说，两个人的目光没有回避，但在闪烁。我坐在远端，厨房间的一只木制小方凳上。

十

由里继续她的每日游泳，我懒得再去。由里回来越来越晚

了。这不是她故意的，天文潮汐的缘故。马上农历初一了，由里又可以早点游完，回来管她儿子的作业。

约瑟夫看着一张语文测试卷发呆。卷面上有√，更多的是×。小家伙不太情愿把作业给家长看，遇到订正一类，总是偷偷摸摸。和他的大个头一样，这个男孩的发育比其他孩子更早了。

我凑近了，看那道困扰约瑟夫的题目：

照样子写出词语的意思：

例：雷电交加，又是打雷，又是闪电，雷电一起袭来。

风雨交加：又是（风吹），又是（雨落），风雨一起袭来。×

老师让他订正为：又是（吹风），又是（落雨），风雨一起袭来。

"约瑟夫，你的答案是对的。又是风吹，又是雨落，比起又是吹风，又是落雨，更加符合实际的运用。"

"叔叔，老师说，按照例句，动词在前，名词在后。我没有按照例句做，所以错了。"

这不是小学生版的指鹿为马吗？

约瑟夫在抄写答案，老师要求誊五遍。

"约瑟夫，你的老师错了。这个题目你不用订正，照原样子交上去。"

"不行不行，叔叔你害我啊！"约瑟夫急得眼泪都出来了，"要是这样做，老师要罚抄五十遍。"

约瑟夫的作文就更难了。

作文的内容是，请写出一种动物，并说说你喜爱的理由。

约瑟夫写的作文叫"我的母鸡"。他写的是那只从长沙带来的母鸡。他说，我从加拿大转学到了长沙，又从长沙转学到了崇明。我带了一只母鸡过来，妈妈在网上买了鸡笼子。我希望它每天下一只鸡蛋给我吃。暑假里，我们去旅游，带上了它。可它被关在车子的后备厢里，天太热，被闷死了。我掉了很多眼泪。

故事很感人。这么一篇不错的作文，老师让他重写。

"老师说，不要写故事，只要你说出喜爱它的理由。"

我不能坚持我的意见，不然会害约瑟夫被罚的。

"约瑟夫，你长那么高，可你的老师要你缩回去呢。"

我不能说。我调侃一下总可以吧。

我等着由里早点回来。这样的作业我辅导不了。可由里又怎么辅导？前几天她还在抱怨说，同年级的加拿大学生，老师要他们写的作文是，回家查阅资料，了解加拿大在海外有几个军事基地。这些军事基地有存在的必要吗？说说你的理由。

十一

红雪申请加我。她对我总是很热心。妇产科医生怀有神秘感。我不能用冷屁股对待她的热脸。我们私聊了起来。

"顾先生好！在忙什么？很久没有看到来潋湾了。"

"谢谢红雪医生的关心。我在准备做网约车司机，练习车技呢！"

"我实在看不下去了，我得提醒你。"

"提醒我什么？"

"我不说，作为男人，你该明白。"

"你看到了什么？"

"群里的所有男人都在追她。你不知道游泳时的场景，那有

多滑稽。他们左边右边后面，护着她。只能用恬不知耻来形容了。"

花魁出游浮世的场面。

"我不是由里的丈夫，眼下只是男友，很可能这个都保不住。她的身体由自己作主，没有义务尽忠。"

"哈，开明人士。你知道的，男人不但用下半身来思考，还只思考女人的下半身。"

"哈，好女人用大脑思考，用下半身做决定。"

"哈哈哈。看得出，你对由里有信心。"

已经深秋了。窗外的那片树林光秃秃的，叶子掉光了。看起来是一个杂树林，其实是社区栽种的，全是一到冬天叶子脱落的树种。园林公司怎么没想周到。

光秃秃的枝丫上偶尔有鸟儿驻停，它们是路过这里的。嘈杂的起居声已经没有了。它们去有树叶的林子了。鸟儿们在茂密的叶丬间，才能做私事。

十二

二十四小时自助银行的小盒子里。

一百万的人民币长什么样？它该不是一只大白鼠身后一长串的小白鼠，首尾相衔，紧张而团结。看到它瞬间的体验又会是怎样？要知道，前前后后几十年，自己赚的钱远远不止这个数，可攥在手里的从来都是那么一小节草绳，一个零头。我还没有见过它完整的模样。

好奇心膨胀了起来，像一只被人踩了一脚的大肚子蛤蟆。

我照着由里给我的纸，小心翼翼地输出密码。

"蛤蟆嘴"吞了银行卡，咽进了肚子里。

屏幕上闪烁着一行小字：对不起，你的银行卡被银行没收。请咨询我行工作人员。

没有出乎意料。我一点也不吃惊。卡里一定存着一百万，由我临时保管。卡的主人是由里，不是我。我招来银行大堂经理，指着蛤蟆嘴问她，银行卡在这里，安全吗？

她瞥我一眼：

"这卡不是你的。取款机有摄像头，看到你不是卡主，没收了。这是卡主和银行约定的协议。"

这下，我脸红了。一个正揣摩别人口袋又被识破的小偷，或许也会害羞。

我的天，蛤蟆你吞下的可是一条不明不白、难于言表的蜒蚰。

十三

座下的那张布艺沙发是多年前我给爸妈买的，现在我用它当床睡。靠垫拿走后挪出的空间刚够我的身形，比棺材宽舒。

我拍了拍它的木质扶手。

你不能说你吞了一条蜒蚰，你也不能说你把它吐掉了。

陶瓷茶杯盖滴下温凉的水珠，洒到了手背、前襟，地板上也有几滴。我又甩又拍，表示有人在喝茶，杯盖滴水了，水被擦干了。

由里坐在窗帘后面。右手边的茶几，玻璃面上摆了未炒的花

生果、南瓜子。由里喜欢生吃瓜仁。

我很想去由里的身边，又希望她来我这边。我故意弄出一些生活的声响，表示我的存在。犹在的引力已不够收线。

手机提醒我收到了什么，是由里发来的截屏。

截屏显示，一个小时前，她拉了一个群。十三个男的，他们来自冬游群。

由里对他们说："你们每一个人都想上我。我在这里统一回复大家。"

还没等各位反应，由里接着说："首先感谢各位。你们追我，这让我感到受用。这并非什么罪恶，也并非人间的稀罕。我们都是冬泳爱好者，我们都明白，水底下的内容总比水面上更多；我们还明白，冬天的水里比起夏天，一样也不少。"

十三个群友一个接一个点了赞。他们放松了很多。

"各位约我的方式太俗套了，喝茶，喝咖啡，吃饭，卡拉OK。其实，我在想，假如有谁送我一束鲜花，我就愿意和他前进一步。我们不是经常在漱湾聚合？漱湾是最适合献花的场合，那里风景优美，气氛浪漫，鲜花在那里随手可摘。"

"有谁敢这样做吗？"由里等了五分钟。之间是沉默。

"这不怪各位。各位不敢这么做，原因很实在，各位都有家室。因为有家室，就不敢公开表达爱意。你们有谁敢做一个特别的人？我的身体愿意盛放一些特别的东西。"

群友一个接一个在抹汗。

"我现在的男友顾念，他身上就有某种特别的东西。"

有一个人说，由里你是女神。大家也纷纷跟着这么说。

这是一个临时群，半个小时前，由里解散了它。我认识里面的大多数人，里面有夏小虫。大鱼不在里边。

截屏之后，由里对我说：

"你看，我没有戴你绿帽。我还是你的处女。"

我去了由里的身边。

"由里你做事情，清晰明了。"

由里抬头看了看我。她并没有得意。

"我能做到清晰明了，只是因为他们是外人。"

还没说完，眼泪已经在由里的眼睛里闪烁：

"内里的事我做不到。"

面对内里的人，现在也至多做到用不了回避。由里盯着我，泪珠滑落到鼻翼，吧嗒吧嗒滴落在木质地板上。眼泪比茶水重太多了。

这个站位，有半个多月我没来到了。我也快止不住自己流泪了。

我拉了由里一把，她投进了我的怀抱。

我把拖拉在由里脚尖上的便鞋脱下放地板，从鞋面的丝质绒球上松手。红色的塑崩九分裤，和黑色的一样合体。防风面罩般的运动型胸罩，它的上沿在由里的背上摩擦出了一圈瘀痕。

我起身找来了润肤膏。那个地方，由里很难自己伸手抹伤。

由里漏了我一手的小声像海豚的呢喃。

十四

车上有客人。导航语言又啰唆又落伍，而且还用词不当。我在琢磨它刚才说的，"……不礼让行人将受到处罚"，其中的不字

改成未，应该更恰当。网约车导航员声音很甜美，说的话像妈。我忍它一个多月了。有几次我关了音量，只看导航图，每回客人都会冷冷地要我放开音量，说，这才让人放心。

由里来了微信。我初看了一眼，她说了很多话。

我停了接单，把客人送到目的地。在树荫下驻了车，我下车拿出烟点上。在漫长的等待之中，由里第一次发我长话。我的手由不得不发抖。

"亲爱的顾念，趁你在外忙着，我带了约瑟夫，离开你的家了。我无法当着你的面离你而去。你知道，内里的事，我一向处理不好。"

"你知道，我迷上了崇明的民宿。这是你姑妈给我的启示，代我向老人家问好。我们两个人的香樟院不能做成，现在我有机会做另外一个什么院的。大鱼的太太过世多年，他在乡下的祖宅很适合做民宿。由于你所知道的原因，我嫁给他就能安心地去做民宿的女主人。大鱼他很诚恳，也很爱我。我希望能得到你的祝福。"

"这个车留给你了，它能帮你。网约车至少能养活你，认真开。有空了，我们去办过户手续。"

"你妈的那件小棉袄我带走了。你说那可能是妈妈嫁给爸爸那天穿的新衣，也是你妈存留世上最像样的一件衣服。你的稀罕物，我同样喜欢，甚至比你更喜欢。那件衣服代表了一个女人的所有美好。你妈的青春、美丽及勤劳，我感同身受。"

"谢谢你，是你让我走进了崇明。它是一个安静的地方，将来或许能成为亚洲的后花园，甚至是世界的。我喜欢它。我没有跟你讲过，其实，我的母亲是长沙人，但她是一个上海迷，她让我喜欢上海的一切。"

"别介意我给你打的六十分。其实，天下的丈夫大多是不及格的。这一点，你们自己心中有数。"

"真正的冬泳季节马上到了。我们潋湾见！"

由里在加拿大做了十几年的古董生意。她喜欢流浪地球，习惯把选中的二手货收入行囊。仅此而已。

眼下是下午三点。我本该在这个节点回家休息一会儿。我按了接单钮，开车往远处跑。我担心撞见，这会让由里尴尬。

十五

我的怨恨大可不必。由里她下了我的长衫，给了我一件体面的衣服。此刻，我从这件衣服里面走出，反手合上。我提前收工，把车停放在闸外的一个角落里，走着去潋湾。

由里昨晚在微信里喊我说，明天的气温终于零下了，你有看过群里的热闹吗？你明天一定得来，大鱼也喊你去。我很久没翻冬泳群了，自然也没再去潋湾。喜欢同一个女人可不是聚会的好理由。

小孩眼尖，约瑟夫从人堆里跑出来，要跟我说句悄悄话。我蹲下身，小家伙凑近我的耳朵，生怕外泄还用双手围住：

"叔叔我跟你说妈妈让我说，你不要下水。"约瑟夫的舌头可真灵巧。

我看了由里一眼，她从大鱼身边挪开了一点。她没有看我，约瑟夫给我传信和她没关系。

大鱼很热情，他出来拍拍我的背：

"小兄弟,你可不要下水。"

我笑了一笑,以示感谢。

人堆越堆越大。我又见到了几个本尊。不是他们难得来潋湾,秋天后我就没去过。赤脚大仙是乡干部,瘦高个,脸色黑得像非洲。他真的光着脚走路。冬天的硬泥块对你没影响?他抬起腿,把脚底板伸给我,我看到老茧厚得像鞋底。夏小虫像一个法官,脸上的威严是故意的。马拉松真的热衷马拉松运动,他的全马成绩进了三小时,他肤色黝黑,四肢干瘦,是马拉松运动造就了马拉松体型。他说他报名了波士顿马拉松邀请赛,希望收到主办方的邀请函——那可是全世界水平最高的马拉松赛事。掠影其实是交警,他还是一名自行车运动员。飞驰的自行车,后掠的树木农田。他轻易对约瑟夫说,这辆赛车值一部轿车。

我应该开始原谅敌人。

我带约瑟夫去遛弯。

路面硬邦邦的,霜冻的天气,地面开始盐化。梳理成型的麦苗一层层南倾,昨晚的强冷空气吹的。遮盖大白菜的稻草稀落下来,颜色也落败成黑褐,圆鼓鼓的外菜皮从菜白色接近新割稻草的枯黄色了。上海青倒是一棵棵裸露着,受冻后的青菜糯得最可口。河面没有结冰,河水变淡变蓝了。

"叔叔,你是不是怕冷?"

约瑟夫学会开玩笑了。冬天,一切都安静下来。约瑟夫的声音特别脆亮。

我拉过约瑟夫的小手,哈它热气。没见约瑟夫闲着,他不停地东碰碰西摸摸。

往北出了桥外，河畔有一个人头，正透过芦苇丛，在瞧着河边的什么稀罕物。枯黄落败的芦苇，顶上的芦苇花依然新白。

我和约瑟夫学那人的模样，悄悄地站在他的身后，伸头看到底是什么稀罕物。

芦脚根间着茭白残桩下的河沿，眼下是一片息壤，没见什么活物。

"爷爷，你在看什么？"

约瑟夫吓了那人一跳。他转身瞪了我一眼。

这个人很奇怪。我问他："你是什么人？"

"我是什么人？"那人嘿嘿了两下，"我是捉蛇人。"

我后退了两步，约瑟夫夸张地躲到我的身后。

这个老头很干瘪，牙齿稀落，蜡黄的手指捏着一根烟。没见他带着装蛇的蛇皮袋，以及捕蛇用的铁钩长棍。

不但闻到了蛇腥味，还感受到粗粝的蛇皮滑过。

"捕蛇违法。"约瑟夫伸出头说，"不许捕蛇！"说完又躲回去了。

老人不理会约瑟夫的质问。他招手让我们过去，指着那里说："看见这些洞了吗？洞口有抓痕的是蛸蜞（崇明的一种小螃蟹）洞。最大的那个洞看见了吗？没有抓痕的那个洞口。你们知道那是什么洞？蛇洞！"

"里面有蛇吗？"

"有。有一条火赤练。很大，两米多长。"

"你怎么知道的？"

"那条火赤练和我是老朋友。"

约瑟夫经常缺钱买零食。他对钱有兴趣。

"那条蛇捉到了，能卖多少钱？"

老头神秘地笑了起来："我不说。说给你听了，你要捉它的。"

"我才不会呢！"

"你这个小外国人蛮好玩的。我解释给你听，我以前是捕蛇人，还捉各种野味。现在不干了。"

我问他，为什么放弃这个职业。

"不捉它我又不会死。"

老头很安静。他阐述了一个崭新的道德标准。我递给他一支烟。

约瑟夫问：

"那你来这里干什么？"

"我来看看它。运气好的话，能看见它。冬天了，那条火赤练在里面睡觉。也不是一直在睡觉。外面天气暖和的话，它会出来晒太阳。它就躺在洞口，一大摊。"

老头还朝约瑟夫做了一个宝宝睡觉的姿势。

约瑟夫笑了起来。

"他是你爸爸？你妈妈是外国人？"

约瑟夫看了我一眼，很干脆地回答：

"是。"又补了一句，"爷爷，你和我妈一样酷。"

约瑟夫拉我回转身来，指着潋湾问我：

"叔叔，他们又在捕捉什么？"

"捕鱼。冬泳运动员在用他们的特长捕鱼。"

我解说给约瑟夫听，你的妈妈，你的大伯他们之中的两个

184

人，从西岸出发，游到东岸。他们把丝网拉到东岸。那张一百多米长的丝网拦在水里，游过去的鱼就被丝网缠住，无法挣脱。他们今天拉了两条丝网，南边一条，北边一条。看起来，他们今天要把拦在中间的鱼，一网打尽。

"约瑟夫你看，你妈妈他们不是在游泳，而是在闹泳。他们要把鱼赶往两头逃。"

今天潋湾里的冬泳者不同以往，他们怕打着水面，发出尽量大的动静，把躲在暗处的鱼儿吓出来。

半个小时后，收网了。西岸拉网的人惊呼喊：

"拉不动了，拉不动了。"

东面的人回应道："别急别急，我们来搭一把。"他们踩着水，小心地提着网绳，向西岸靠拢。

约瑟夫拉着我奔过去。

鱼儿在拖上岸的网堆里搏动，网眼勒下来的鱼鳞银光锃亮。鱼太多了，他们剪破渔网，已经没有把鱼儿从网眼里一条条抠出的耐心，破了的丝网被丢在一边。没有谁会在意岸上看热闹的观众。

由里和大鱼上岸了。他们还穿着泳衣，急着围看塑料大盆里的渔获。

鱼儿还在甩尾挺身。我指着他们给约瑟夫解释，这是白鱼，这是鲫鱼、鳊鱼、黑鱼、草鱼，这些是河虾、龙虾、小甲鱼、螃蟹、鳗鱼，这是鲥鱼，这些叫刀鱼、凤尾鱼。它们还没有长大，再过几个月，它们可是赫赫有名的长江特产。

"这条叫麦个儿鱼。"

大鱼嘲笑我说错了："不叫麦个儿鱼，叫麦格郎。"还奚落我洋盘。我没理他，依旧轻声对约瑟夫说："你看这条鱼的个子很像麦穗，所以它叫麦个儿鱼。"我接着说，这条薄薄的叫鳊鲅鱼，这条尖嘴的叫尖沙鱼，这条带刺的叫嘎咕鱼，因为它嘎咕嘎咕这样叫的。

一旁的大鱼急得直跺脚，他不停地摇头否认。他以为我在误导一个孩子。

"约瑟夫，你看这些鱼儿是不是都很小。这里的人把小孩叫作郎。所以，我们这里的人都把这条叫麦个郎，这条叫鳊鲅郎，这条叫尖沙郎，那条叫嘎咕郎。这样叫称呼他们，觉得它们好可爱。是不是？"我提醒约瑟夫小心，他正要捏着嘎咕郎的尖刺提起来，"嘎咕郎的刺有毒。"

大鱼拍了拍我的肩膀说：

"小老弟你不是绍兴的孔乙己，你是崇明的孔乙己。"

见我面有愠色，大鱼放声大笑起来：

"太敏感不好。我有一个好兄弟在文化局做。他们在做一个地方志的研究。我看那是你的用武之地。我把你介绍给他。"大鱼还对约瑟夫说，你好好听叔叔讲。由里也蹲下来，和约瑟夫挤在一块：

"这条鱼叫黄节蜘。一开始我也不明白，为什么这么叫它。约瑟夫你看，它背上的花纹是不是像蜘蛛？这里的方言把蜘蛛叫作节蜘，一节节的意思。"

围观的人"哦"了一声。

"约瑟夫，你还记得好吃的鲫鱼籽吗？其实，最好吃的鱼籽是它，黄节蜘的鱼籽。现在它长得圆鼓鼓的，肚子里面已经有籽了。"

约瑟夫掠了几下舌尖。大家都笑了起来。由里把约瑟夫搂紧了点。

"我说过的，水底下的内容总比水面上更多，冬天的水里比起夏天，一样也不少。虽然小，马上就长大了。"

由里抬头看看我，得意地补充说：

"每一条河就是躺倒的一棵树。"

河水枯了，树叶掉落了；河水满了，满树的叶子。我想，应该就是这个意思。

"再不擦身可要冻僵了。"有人这么提醒，大家哄地散去。

由里还是只穿她的带帽防晒衣，以及塑崩九分裤，只是更厚一点而已。大鱼他们大多套了宽松的羽绒运动长衣。

有人喊：

"走一曲。"

大鱼从箱子里拎出来一把萨克斯。他吹起来"回家"。这回他是主角。

大家跳起来了。由里围着大鱼转圈，大鱼朝着由里，原地打转。由里飞出来，拉上了约瑟夫。她看了我一眼。我用眼神拒绝了她。

红雪给我解释，冬泳后擦干了身子，身体开始起暖，微微发汗。那种感觉妙不可言。我问她：

"是不是像早晨起来的第一口烟？"她摇摇头。

"是不是像早晨起来的第一口浓茶？"她摇摇头。

"是不是像喝酒喝到微醺？"她想了想，接着还是摇头。

我终于知道了，应该接近高潮。冬泳可以获得另一种高潮。

我明白了，但我不敢喊出来。

十六

岛屿上的人们热衷谈论天气。这种集体爱好，由里揶揄它说，该不是本地人还生活在靠天吃饭的农业社会？

"在吗？你在哪里？"由里挺急的。

"午后在家休息。马上出工了。被摊什么大事了？"

"你快看外面！"

"你的那个外面，可能不是我的那个外面。"我不急，窗帘也拉着。

"我还住县城。大鱼他乡下老房子的装修还在图纸上。"

我拉开窗帘。

"树上都是麻雀？"

"你再抬头看，电信大楼的顶上。"

电信大楼的顶上也都是麻雀。确实有点多。周边的树枝上挤满了麻雀，黑压压一片。

最近的天气一直在零度线浮游，这是下雪的前夜。人们抬头望着天，说，浑黄了，马上下雪了。

因为即将下雪，成千上万只麻雀就会聚集起来。我还真的没见过。因为冬天的饥荒，麻雀集合起来，准备到更远的地方去找吃的？或许吧，人类就是这样的。

"我头皮发麻，手脚发软，我要吐了。大鱼不在家。我害怕极了。"

"我也有点瘆。从没见过一下子有这么多的麻雀，好像全岛的麻雀都集中在这里了。"

"我担心它是征兆。所有的大事发生之前，一定有征兆。"

我嚼了一下，由里的这个判断似乎是灵验的。短短的半年，由里一手导演了一连串的剧情。作为一个外乡的女子，对征兆这类事，应该更敏感。

"除了地牛翻身，还能有什么大事？"

"你说的是地震吗？"

"是的。老辈人说的。"

"真的会地震？由里我从来没有做过什么亏心事。多嫁几个人不算做坏事吧？我穿得让人觉得崩塌不是什么罪过吧？上帝保佑我！"

"异类也治的。"

"我的天哪！我该怎么办？"

"不用害怕，你是善意的异类。在我们这里，老天会保佑你的。"

"谢谢你。"

"其实这是在吓唬你。崇明不会有大地震的，参照历史就可以得出这个结论。你可能患有密集物恐惧症。"

"听说过这个病。好像有。"

"不是好像有。我也有。所有人都有。"

"怎么治？"

"不能治愈，只能缓解。你看看，树枝上有了这么多的麻雀，树怎么样了？"

"让我想想。哦，树又长满了叶子。你说过的，鸟儿喜欢躲在有叶子的树上过夜。"

"哈！你再看看满是麻雀的大楼尖顶，它像什么？"

"一个树形，长满了叶子的一棵大树。"

"现在感觉怎么样？"

"好点了，真的好多了。"

一个群，一座岛。冬天来临了，崇明岛像一团晒太阳的蛇；冬泳群复苏了，它变得热闹而温暖。

不摊上大事的由里不会联系我。出于尊重，我也不联系由里。我恢复了冬泳群的消息提醒，一有动静就翻看。我担心由里。

"大鱼出事了！"

红雪在群里突然呼喊起来。

我驻车停下。还没有客人要用车。

看起来群友都同我一样时刻关注着这个小岛，只是没事不吭声而已。他们一个接一个问，大鱼怎么了？

不用我发问了。我等着后续消息。阳光暖烘烘的。车停在树荫下，我立在太阳下。

"大鱼走了。"红雪回复。

"怎么会？"

"昨天还一起游泳呢。"

"没听说他有什么病。身体这么好。"

"是车祸吗？"

一串的疑问还没有全部出水。红雪说：

"大鱼的心脏动脉血管破了。那根动脉管里长了一个瘤，越长越大，把血管撑破了。这种病没有征兆，突然就那么一下子。从发病到过世，也就几个小时。"

群里出现了一个接一个"双手合十"的表情符号……其中也有我的一个。

我私信红雪："由里好吗？你见到她了吗？"

"见到了。她很悲伤，但很克制。"

"我在什么地方能看到她？"

"社区殡仪服务中心。我在那儿。你过来。"

红雪发了一个定位。殡仪服务中心的。

我知道那个地方。不用导航。看到殡仪这两个字，我的心会发痛。

红雪在大门口等着我。我跟着她走。殡仪馆有三个礼仪大厅。大鱼的那个，挂门楣的电子屏幕上还没来得及打上大鱼的名字。很遗憾我未能知悉他的全名。他的葬礼在准备。

红雪走到由里的身边，碰了碰她。由里转过头来。她的脸上流淌着泪水。我走过去，她用眼神制止了我。我在大厅外的一张木条凳上坐下。

我父母的葬礼就在这个殡仪馆办的。它有很多规矩，制止了农村人办葬礼没有节制的坏习惯。他们喜欢把情感泼洒一地。

那天的夜半，浓黑的夜空之外，西南天际有一条亮闪闪的天带。亮带之上，浅蓝的穹窿，平和似天堂。亮带之下，乌云的轮廓，一团一团，层层叠叠，安静似横亘的山脉。

几十秒后，轰鸣声赶到。

之后，窗下的树林发出飒飒的风声。

遥远的一个地方，那边在电闪雷鸣。

闪电，雷鸣，风声，它们之间相隔着赶来，一回又一回。因为同一个节奏，缓慢而沉稳的节奏，雷电变得沉静、温和有节制。

近处传来飙车的轰鸣声。不刺耳，似一团野蜂嗡嗡飞过。

我听到了殡仪馆夜半时的安静。

"刚才的天象，你注意到了吗？放远处看，雷阵也可以安静下来。凡事都可以如此。"我跟由里说。

我等了很久。由里回复了：

"看到了。谢谢你的好意。怪不得这里的人们习惯谈论天气。"

由里在守灵。夜半的灵堂最空寂。

"别太过伤心。请保重身体！"

"不用担心。有红雪陪，还有冬泳的好友。他们都是几十年的朋友了。"

三天后，由里在群里致谢：

"感谢兄弟姐妹们的关心与陪伴。在这至难的时刻，我的心体会到了各位的友谊。"

"应该的。"

"必须的。"

……

红雪出来骂街了。她愤怒极了：

"你妈的老蟹。大鱼的儿子不是人。"她接着说，"丧事一办完，他儿子对由里下了逐客令，问她什么时候搬走。这个小杂种。"

"担心房子吧？"

"房子变房产了。"

"由里，别搬走。一直住下去。"有人出主意。

"由里说了，让她再住三天。三天之后就搬走。"

"由里，别搬走。他儿子拿你没办法的。他不能赶你走的。"这是夏小虫在说。

红雪接着说："我当时在场。我看到由里的手里有一把剪刀，我真担心出事。我紧张得不敢说由里你把剪刀放下，更不敢拿走剪刀。但我时刻准备着，把剪刀抢走。"

"我不会的。葬礼上常用到剪刀。当时我忘记放下了。我不知道我的手里有一把剪刀。"由里解释说。

群里沉默了很久。不管由里伤人还是自伤，都会刺破葬礼的体面，引起社会的尖叫。很难琢磨，当时的由里究竟在想着什么。

"我在大鱼那里再住三天，是我对大鱼的情分。儿子让我搬出去，是他的分内，为后代争取利益，这很正常。再说，我不善于吵架，碰到吵架就头晕。和外人吵一架也就算了；和家里人吵，不但要和家人吵，有时还要和自己吵；吵一时也就算了，吵一生我可受不了。"

"由里是圣母！"有人发出感叹。

"圣母！"

"圣母！"

……

"由里你接下来怎么打算？"

"我回加拿大。"

大家都觉得舍不得，又觉得无法挽留，相继在群里发出流泪

的表情。

……

出乎意料，小美姑妈说话了。她打破了沉默：

"顾念，由里，请你们两个来我家一次。我有事交托你们。"

小美姑妈从不在群里说话。她也没有参加大鱼的葬礼。假如没有姑妈的出场，和其他人一样，我不知道该和由里说什么话，劝她以后该怎么做。为了由里好，我应该什么事都不要做。

由里私信我。我没有回复。她说：

"爱情婚姻的精髓在于盲盒的选择。我一直这么认为，也一直这么做。和大鱼的结合，是我的例外。没想到，这个婚姻以惨败收场。我该回约瑟夫的故乡去了。"

十七

"几楼几室？我上来接你。"

我问由里。

"不用上来，这里不好。原地等我。马上下楼。"

由里走出门楼的阴影。我走上前迎接她。由里全身套了一件宽松的白色羽绒长大衣，脸色忧郁，双眼失神，眼廓比平时大了一圈。我该做些什么，至少安慰。我伸出手想擦她隐约可见的泪痕，她出手挡掉了：

"别碰，我身上不好。"

想起自己头上还别着一团白绒线。由里自己在头发上摸了一圈，找到了，摘下来，团起来，放进衣袋。

由里坐在副驾驶座。沉默了一段路。由里开口了：

"你姑妈要我们两个人去。有什么事？"

"没想过。长辈叫，管它什么事，总得去。不过，这种时候叫我们，肯定是为我们好。"

"姑妈会不会劝我们复合？"

"有可能。"

"你怎么想？"

"你还想回加拿大吗？"

"嗯嗯，回去的。不过，你还要我的话，到时再回来。"

"我不用把你放在远处看。"我讪笑说，"就不用去姑妈家了吧？我们掉头回去吧。"

由里白了我一眼。

这回，小美姑妈的举手投足，不见了长辈见小辈的示弱。见我们到了，让我们走前头赶紧进门：

"我走路慢，顾念你领由里先进去。别让太阳晒。"

由里回头看了老人一眼，眼色温柔。

老屋里消极的气氛，被姑妈对我积极的指令消融。姑妈不断地要我讨好由里。

"顾念，凳子擦干净了再让由里坐。"

"看一下茶杯还干净吗？我眼花看不仔细。要不要再洗一下？"

"里房里有取暖器，赶紧拿出来开着。"

"桌上的长生果是自家田里种的。顾念，你剥给由里吃。"

我探头问由里，要不要对姑妈说明，你吃生的，不喜欢熟的。由里说，你想让姑妈知道我是一个怪人啊？接着由里开始取

笑我：

"姑妈，你这个侄子架子很大的。"

"丫头啊，顾念他架子再大，也得听我的。"

"对，对。你是长辈嘛。"

"不是的。我告诉大家一个秘密，顾念应该是我的女婿。顾念，你没听你爸说起过吧。"

我没听说过。我爸常把我往姑妈家赶。表妹她也常来我家。这应该是姑妈赶她过来的。当年还小，想不到大人的用心所在。

由里听了就开我的玩笑，她让我叫一声妈妈。

"当年你爸生了一个儿子，我呢生了一个女儿。你比她大一岁。你们这对娃娃亲，我和你爸很早就定了。"

"有没有喝过喜酒？"由里说。她的脸色比之前活泛多了。

"那倒是还没有。"

应该是没来得及。我设想到。

"姑妈，我想去看看表妹。"我想起约瑟夫那天在竹园里看见了什么，那里应该住着表妹。

我挽着姑妈的手，走到前宅，绕过宅沟，去表妹的墓地。通向墓地有一条小径，从东南往西北延伸。小径可能从来只有姑妈在走，姑妈的走路也从来轻手轻脚，路背上爬满了马绊草。

眼下是冬天，马绊草还没有回色。

小径的尽头钻在一片竹林里，不远处有一排竹制的篱笆，到我的腰眼那么高。一扇木门半掩着，里面就是我小表妹的坟墓了。矮小的墓碑上筑了屋顶，四边的屋角砌了飞檐。墓台上有瓜果饼干，装在一只铜质小脸盆里。旁边的一只茶盅里还有一柱残

196

香，香灰还没有断根。

由里站在一旁。我蹲下来，用手擦拭了表妹的瓷像以及小脸盆。表妹明净得犹如冬天早晨的空气。她笑吟吟的，那一张圆脸，是我看到过的最甜美，也是最凄戚的。多可怜的一只纯白小猫妮。我立起身，长长地吁了一口气。这么玲珑标致的小姑娘，假如成了我的妻子，那我现在的生活，可能会幸福一些吧。

表妹的小嘴噏了一下，在我的手背上留下了一个紫色的印痕，像一粒桑葚。一根竹枝被我折断，扔到地上，我看了它一眼。

姑妈说她常常做表妹的梦。有一个梦很特别。小房子里钻出了一根竹笋，她梦见表妹喝了笋尖上的露珠，怀了孕，生下了一个宝宝。还没说完，姑妈就哭了起来，由里也跟着掉起了眼泪。

我们回到了老屋里。靠北的老灶头已被废置，旁边挨着用液化气罐的简易灶台。这么大年岁了，你让姑妈哪里去弄柴火。两只洗干净的瓷碗叠在一起，之上有一副筷子。它们被一块干净的抹布盖起来。姑妈忘了把我和由里用的碗筷拿出来。案板上堆了五六个马甲袋，里面是姑妈招待我们的食材。

姑妈被由里按在凳子上休息，由着她揉捏肩膀胳膊。那些没有机会说出口的成年往事，哗哗地流淌。

早年的我爸和姑妈私订了终身。因为表亲夫妻生的孩子容易不好，各自的父母劝，政府也前来做工作，只得作罢。两个人作了下一步的计划，若是有儿子女儿能合的话就定娃娃亲，三代表亲结婚，该是没有问题了。

姑妈说，已经没有说闲话的人了，她把这些事说出来也不怕

难为情了。她说，她要为难由里一次了。

"姑妈，你的任何什么事我都不为难。"

"这个祖宅是我的。夫家的几个侄子很关心它。由里，你嫁给顾念，我就把它传给顾念。顾念，由里，你们听清楚了吗？"

姑妈开了一个玩笑。顾念的余生假如不好，是你由里现在没有嫁给他。姑妈还让我别得意，以后，由里有拿捏你这个浪荡子的资格。面对天大的礼物，以及如此可敬可爱的姑妈，我依然一如往常。可由里不一样，她做不到不苟言笑。

2023 年 5 月 30 日写于上海

后 记

　　我是从崇明去上海谋生的这么一个人。当年，类似的人很多，汇成了一个潮流。眼前，在崇明新海农场的一个连队里，父母留下的一座孤房正等着我。我想把它改造成一个真正意义上的乡居，面朝广阔的田野，院内有三分菜地，居内和睦又温暖——之后，我在两地来去自由，择季而居。

　　目前，在城乡两地来去，还远远算不上真正的自由，不管是去劳动，还是来生活。这种自由不仅需要物理意义来承载，更需要政治、文学艺术去担当。还好，向往这个文明的人很多，包括很多老的、新的都市人。

　　我的这本小说集为他们而写。

　　《碎叶满树》顺利出版，为此，我要感谢上海市崇明区作协主席杨绣丽女士，以及副主席施跃鸣先生；感谢兄长一般关怀我的凌鼎年同学；感谢王意如老师以及刘文荣老师，这对沪上伉俪不仅是我崇敬的老师，还是我最亲密的朋友。

张耀国　2024 年 3 月 9 日